时雨集

一位大学班主任与学生的书信往来

杨志彪 著

上海交通大学出版社
SHANGHAI JIAO TONG UNIVERSITY PRESS

内容提要

本书是一位大学班主任与学生自 2013 年 9 月至 2017 年 7 月，四年间书信往来的合集。

四年来，这位班主任老师大学伊始和每学期期末都会给家长和同学写一封公开信，信件内容涉及理想、信念、学习、生活、家庭、感情、交友、健康、选择等等。累计共九封信，四万余字。同时，也与许多同学通过信件进行个别交流，也有几十封信。通过这些交流，感觉到学生的成长，了解学生的思想动态，帮助学生树立正确的人生观、价值观、世界观，塑造学生的理想信念和科学精神，培养学生具备识别真伪、区分善恶、分辨利害的能力，认识世界、认识自我，找到人生的意义。

本书语言真挚朴实，读来感人至深。适合高校班主任、高校思政教师、高校管理者以及高校大学生及其家长阅读、参考。

图书在版编目(CIP)数据

时雨集：一位大学班主任与学生的书信往来/杨志彪著.—上海：上海交通大学出版社，2018（2019.8重印）
ISBN 978-7-313-18629-4

Ⅰ.①时… Ⅱ.①杨… Ⅲ.①书信集-中国-当代
Ⅳ.①I267.5

中国版本图书馆 CIP 数据核字(2017)第 329479 号

时雨集
一位大学班主任与学生的书信往来

著　　者：杨志彪
出版发行：上海交通大学出版社　　地　　址：上海市番禺路 951 号
邮政编码：200030　　电　　话：021-64071208
出 版 人：谈　毅
印　　制：三河市兴国印务有限公司　　经　　销：全国新华书店
开　　本：880 mm×1230 mm　1/32　　印　　张：6
字　　数：108 千字
版　　次：2018 年 1 月第 1 版　　印　　次：2019年8月第2次印刷
书　　号：ISBN 978-7-313-18629-4/I
定　　价：49.00 元

上海交通大学思政工作系列专著·简介

为不断提高大学生思想政治教育工作的针对性和实效性，落实立德树人根本任务，鼓励广大思政工作者聚焦工作中的难点和前沿问题开展研究工作，进一步总结经验，探索规律，特推出上海交通大学思政工作系列专著。

专著聚焦大学生价值引领、党团建设、学风建设、就业引导、事务管理等工作领域，通过对理论创新、工作案例、特色经验等方面的成果梳理，凝练大学生思想政治教育工作中的经验和体会，促进理论和实践成果的转化应用，切实提升大学生思政工作科学化水平。

序

随着时代的发展，大家已经习惯于在移动自媒体进行沟通，静下心来、落到笔头的交流越来越少。然而，书信，仍然是最有情怀最有温度的表达方式之一，一笔一画写的是心声，传递的是真情实感，也最是能打动人。这本班主任与学生的书信集就是最好的印证。

班级是学校教学和管理工作的基本单位，是学校教育的重要阵地之一，它在学校完成立德树人的根本任务中所起到的作用是十分重要的。班主任是学校育人工作的重要参与者，更是学生工作的一线“指战员”，“权力”虽小，责任重大。一个人遇到好老师是人生的幸运，一个班级遇到好班主任是学生和学校的幸运。杨志彪同志作为我校农业与生物学院的专业教师，以极大的热情和担当投入到学生工作当中，长期担任班主任。杨志彪老师坚持每学期给学生及家长写一封公开信，字里行间流露的是对学生的关爱关心和关怀。杨志彪老师注重学生价值引导，致力于推动学生思政教育与专业教育融合，取得了突出成效，也因此获评学校首届教书育人一等奖。

去年 12 月，全国高校思想政治工作会议召开，高校“立德树人、教书育人”的核心使命更加凸显，这既是党中央对我国高等教育的普遍要求，也是对上海交通大学这样的高水平研究型大学的突出要求。高校的根本在于立德树人，只有培养出一流人才的高校，才能够成为世界一流大学。上海交通大学始终强调“价值引领、知识探究、能力建设、人格养成”的有机统一，以学生健康发展为中心，积极推进“学在交大”，着力培育学生远大理想和学术志趣。这就需要各方形成合力，扎实推进全员全过程全方位育人。班主任无疑是其中一支重要的力量，杨志彪老师就是其中最为出色的一位。

榜样是最好的说服，希望这本《时雨集》的出版能够给广大班主任们一些借鉴。于无声处润物最生动，希望这本书也能给大学生们一些启迪。

上海交通大学党委书记 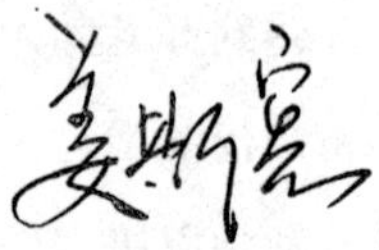

2018 年 1 月 1 日

目　录

上篇　公开信　001

思索大学意义，提高心灵修养　003

和学生共同成长　010

合理利用假期，坚持成就梦想　019

科学精神进课堂　032

慎独、坚毅、乐观　047

珍惜当下，憧憬未来　059

梦想，成就最美的人生　077

我们改变着自己，改变着命运　085

我只会祝你们幸福　091

下篇　私信往来　101

专业选择　103

在大学里追求生命的真谛　104

专业选择仅仅是漫长人生路上的一个小站　114

凡事早做打算　117

追寻自己的本心　120

传道解惑 127

道法自然 128

这是一个甜蜜的烦恼 139

适度舍弃，让你的世界变得更加安静 143

我把你们当成自己的孩子 151

生命意义 154

中国传统文化确实有取不尽的宝藏 155

像爱惜自己的身体一样去爱这个国家 161

以天下苍生为己任 167

以出世的精神，做入世的事业 172

后记 181

上篇
公开信

从 2013 年 9 月至 2017 年 7 月，我一直担任上海交通大学农业与生物学院 2013 级动科班班主任。在工作中发现，单纯的谈话、班会、活动，并不能有效地解决所有的思想问题，因此我产生了写公开信的想法。四年来，我在大学伊始和每学期的期末都会给家长、同学写一封，信件内容涉及理想、信念、学习、生活、家庭、感情、交友、健康、选择等等，累计共九封，约四万字。这些信倾注了我对同学的热爱、对教育事业的理解、对人生意义的思考等，谈不上字字珠玑，但却是句句真情。

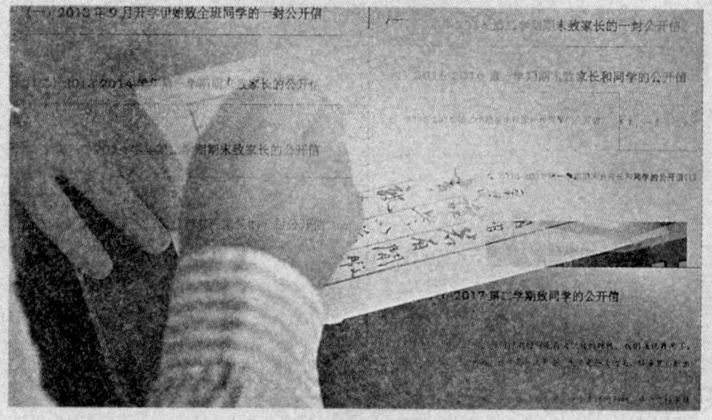

在办公室给学生写信

思索大学意义，提高心灵修养

——2013 年 9 月大学伊始致全班同学的公开信

我经常为自己从事的工作莫名地激动。我觉得我在做一件很有意义的事，或者说是一件伟大的事。无关名利，只在内心的安详和平静，只为引导你们走在正确的路上，追寻生命的意义，思考心灵的归宿……我希望在座的各位同学，都能有这样的生命体验：在交大，就是要把她当成象牙塔，从纷繁复杂的社会中抽离出来，汲取甘露，不光学习知识，更要提高自己心灵的修养。在很大程度上，后者比前者更重要。前者只关乎技能，后者则关乎是否是一个“人”——一个精神和体魄都健全的人。

2013 年 9 月 7 日，国旗广场，新生开学第一天

各位同学：

你们好！秋风送爽，天朗气清。在这个美丽的季节我们迎来了新的学期，新的生活，我们即将——不，已经开始一段新的生命旅程。我不知道你们此时的心情如何。对于我来说，这个学期与以往的新学期有着很大的不同——我是怀着敬畏、喜悦、激动和平和的心情开始新学期工作的。为什么呢？因为有了你们！

我是第一次做班主任，可能存在经验上的欠缺。但是，我很愿意做这个工作，是从心底里愿意。从拿到你们名单的那一刻起，我一直在想，是什么让我们相遇？宇宙之大，浩淼无穷，人之渺小，沧海一粟。我们相遇，则是千世万世之缘。就在缘起缘灭的一刹那，我们从祖国各地来到交通大学，从此我们将有一个共同的名字：F1315002 班。

在你们来之前，大多数同学我都通过电话。只有小万同学和小陈同学没有联系上。因为小万同学的电话一直打不通，我大概打了不下 20 次，每天打几个。小陈同学没有留任何联系方式。其他同学都打过交道了。我自己上学的时候从来没有人关心过我这些事，所以我深知在异乡有个人帮忙该有多好，多方便啊。

咱们班一共有 25 名同学。有八位同学来自上海，其他的同学，有的来自山清水秀的浙江——美丽的西子湖畔，有的来自红色摇篮江西，有的来自天府之国四川，有的来自美丽的天山脚下和齐鲁大地，有的来自刘三姐的故乡，有的来自醉倒天下、盛产美酒的贵州。当然还有一名留学生。你们怀揣着梦想，带着家人和师长的嘱托，共同相聚在思源湖畔。我知道大部分同学都对自己目前的状态满意，但我知道肯定有些同学是不满意的，对于考上交大农学院还是耿耿于怀。今天我可以告诉你们，其实，咱们班应该有 27 名同学，贵州的小罗和山东的小夏同学没有来报到。我们在祝福他们的同时，也感到些许遗憾，因为我们与他们失之交臂了。还有，在交大每年都有学生因为不满专业，不能顺利毕业。我就亲身经历过两个学生，一个是山东的，一个是内蒙的。四年了，因为有太多的功课没有考试，只能再读一年，都是父母请假陪读，一个个找任课老师。我每次看到这种事情，心如刀绞。怎么会发生这种事情呢？究竟是什么原因导致了这样严重的后果呢？如果这几个同学遇到我是班主任会是这样吗？咱们班会出现吗？这件事情，是促进我做班主任工作的初衷。

今天我看到这么多新同学报到，大部分同学都有亲人陪同。不由地想起我刚上大学时的情景。我生在内蒙古的一个农村，我的本科是地方的一所高校，专业是兽医。我还清楚地记得是 1992 年 9 月 4 日我从老家自己坐火车二十几个小时，来到学校报到（那时你们可能都还没有出生吧）。虽然是一个地方的、很不知名的、专业看上去又不是那么华丽的学校，但我仍然很兴奋！怀着对新生活的憧憬报到了，怀着百倍的热情开始新生活了。新学期开始就是军训一个月，我还获得了军训标兵称号。随着与同学们的交流的深入，我才发现全班30名同学，只有我一个人填报了兽医这个志愿，其他同学都是调剂。所以其他同学都是闷闷不乐，觉得没有考上一个好的学校，觉得专业不好，很丢人。而只有我，是阳光地、积极地、充满激情地生活和学习着。现实是无法改变的，喜欢也好，不喜欢也罢，都要在这里待上五年（兽医专业是五年制）。五年十个学期，我得了9次一等专业奖学金。五年的洗礼，足以改变一个人的观念，随着时间的流逝，同学们也都能正视现实，并顺利毕业。现在我们班的同学都在从事本专业，几乎都是本单位的领导或业务骨干。所以，当10年聚会时，大家回想起当初的青涩和幼稚都无限感慨。

其实，专业的好坏完全在于个人心态。我们来到交大，不为浮名不为利。我们为了什么？有的同学说，为了实现人生的价值，有的同学说为了实现梦想。那么我问你，人生的价值是什么？实现梦想又为了什么？或者说，人为什么而活着？我们来到交大，就是为了学好专业，找好工作，挣高工资，娶白富美，嫁高富帅的吗？答案显然是否定的。这些也值得追求，但不能是全部。那么我们干什么来了？我们更应该提高自己心灵的修养！微观上，要善于发现问题、解决问题。宏观上，要有宇宙观。掌握了这两个主线，所有的问题都会迎刃而解，比如感恩、责任，比如人际交往，比如爱情家庭，比如仁义礼智信……

一个人活在世上，既有空间的广度亦有时间的长度，但相比于浩瀚的宇宙，实在是微不足道。而人同样又是善于思考的动物，有七情六欲。我们既不能妄自尊大，也不可妄自菲薄。与自然万物一样，我们同样是宇宙中的一粒尘土。所以我们要对这个世界充满敬畏，包括对所有的动物、植物、微生物，对你周边的人，以及任何事物。现在我们遇到的环境、生态、人口、社会问题等等，其实都是缺乏对自然的敬畏而引起的。同样的，我对你们也是充满敬畏之情，因为你们是一个个鲜活的生命。这就是为什么我一开始说“我是怀着敬畏的心情”开始新学期的原因。

同大多数同学一样，新的学期我充满喜悦之情。因为有这么多新的面孔。我很喜欢大学这种环境，这也是我最终在大学任教的原因。教师可以变老，楼房可以变旧，但只有学生永远年轻。大学的四年就像春夏秋冬四季的嬗替，春生、夏长、秋收、冬藏。你们刚一入学，恰似春苗，长势喜人，怎不令人喜悦？

喜悦之后就是激动，我经常会莫名地激动。当然不是发脾气，而是我为自己从事的工作莫名地激动。我觉得我在做一些很有意义的事，或者说是一件伟大的事。无关名利，只在内心的安详和平静，只为引导你们走在正确的路上，追寻生命的意义，思考心灵的归宿。

道生一、一生二、二生三、三生万物，而万物皆在本心。从简单到复杂，又从复杂归于平和，这是我最后一个心情。我希望在座的各位同学，都能有这样的生命体验：在交大，就是要把她当成象牙塔，从纷繁复杂的社会中抽离出来，汲取甘露，不光学习知识，更要提高自己心灵的修养。在很大程度上，后者比前者更重要。前者只关乎技能，后者则关乎是否是一个“人”——一个精神和体魄都健全的人。

开学伊始，我就有这四种心情：敬畏、喜悦、激动、平

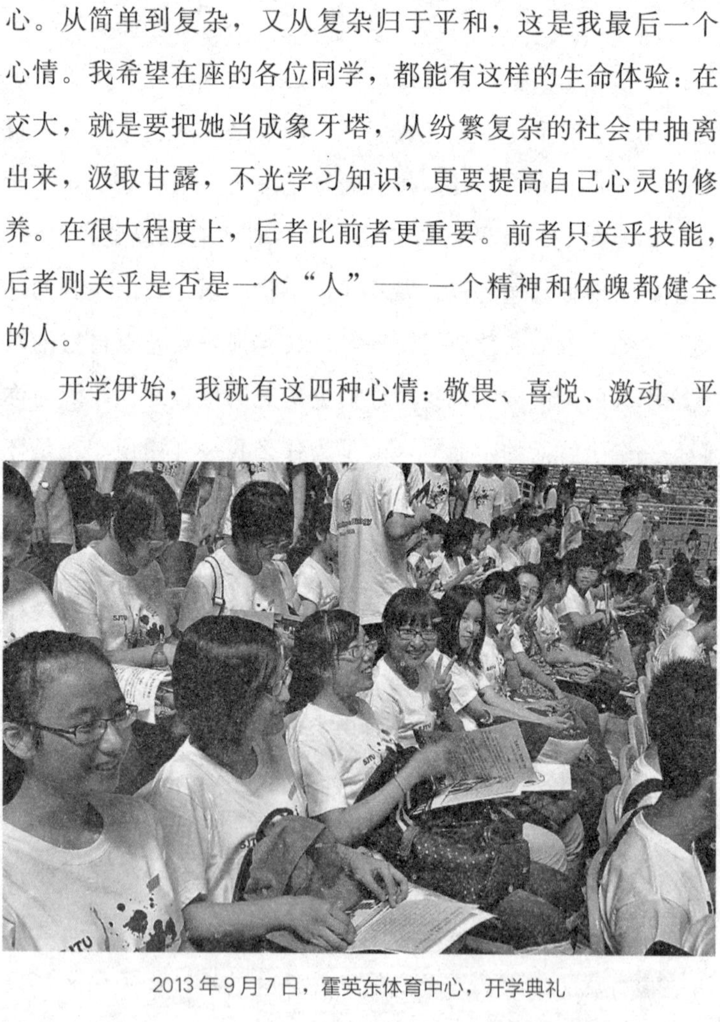

2013 年 9 月 7 日，霍英东体育中心，开学典礼

和。不知你的心情又如何呢？曾子曰："吾日三省吾身——为人谋而不忠乎？与朋友交而不信乎？传不习乎？"。我每晚临睡前都要思索一天的得失成败，并付诸笔端。你们也在做吗？每一个生命都有自己的生存方式，惠子对庄子说：子非鱼安知鱼之乐乎？具体的方法可以不同，只要你是在真正地享受生活、思索生命的意义，必当"自天佑之，吉无不利"。

在四年的学习生活里，每个同学都可能会经历痛苦与失败，也会经历快乐和成功，不论怎样我也同样会与你们一起看庭前花开花落，望天上云卷云舒，与你们共同分担霜刀和霹雳，分享雾霭与虹霓。当然，更希望你们自己不以物喜，不以己悲，不断提高心灵的修养，最终超越吉凶、超越命运、超越梦想！

杨志彪

二〇一三年九月三日于上海交通大学

和学生共同成长

——2013—2014 学年第一学期期末致家长和同学的公开信

在这一个学期里，我也在和您的孩子共同成长。说共同成长，是一点都没有谦虚。美国物理学家惠勒说过："大学里为什么要有学生？那是因为老师有不懂的东西，需要学生来帮助解答。"这是教学相长的最高境界，我深表赞同，且感同身受。

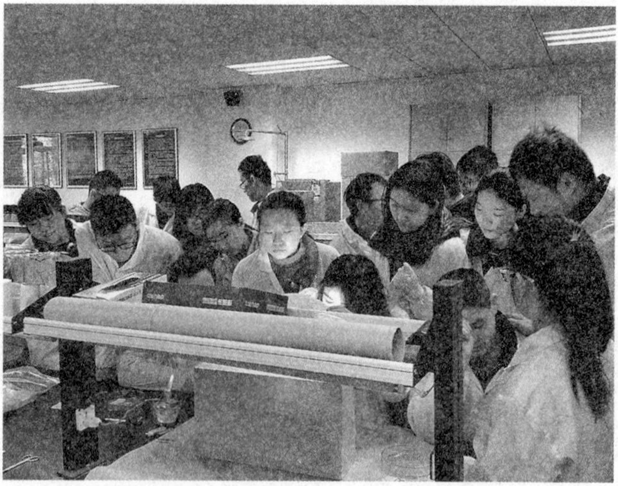

2016 年 10 月，实验室，带领学生做实验

尊敬的家长并各位同学：

您好！又是一年春草绿，依旧十里杏花红！值此年终岁末，大家都满怀喜悦之情迎接马年春节之际，收到您孩子的成绩单，应该是别有意义吧。这份成绩单是您的孩子在交大交出的第一份成绩，也是离开父母的怀抱，真正独立自主地生活的第一份成绩单，不知您是否满意？诚然，有成绩自然就有差别，取得好成绩者，胜不足喜，来日方长，当时时自勉，长风破浪，直挂云帆；成绩不甚理想者，则更当知耻后勇，亡羊补牢，发奋图强，后来居上。成绩虽然不能代表孩子的全部，但至少可以说明一些问题，或者说明一个人的态度。每个同学都可以扪心自问，是否真正对得起自己、对得起父母。

窃以为，对一个学生来讲成绩非常重要，甚至能决定将来的奖学金评定、保研资格申请、出国留学资格评定、工作面试机会的争取等各种需要用成绩说话的地方。所以，如果第一个学期因为各种原因成绩不佳者，确实需要认真的反思。是努力了跟不上节奏呢？还是过分放松了自己，还没回过神儿来就到了期末了呢？若为前者，尚可原谅；若为后者，是不可原谅的。在开学伊始的时候，以及在学期中间的各种班会、和同学的个别谈话等众多场合，我都强调过：时间是很快的，一旦让自己放松下来，很可能就再也追不上了，或者会错过很多机会。我一再勉励大家，在大学里就是要把大学当成一个象牙塔，心无旁骛，“细推物理须行乐，不为浮名枉此生”。但是仍然会有个别同学置若罔闻，没有重视，导致很严重的后果。我甚至在期末考试阶段到寝室走访时，很多同学不是在复习功课，而是在打游戏，且是联机，老师去了都不搭理，自顾自地玩游戏，美其名曰放松一下，好准备后面的考试。放松有很多种，锻炼身体、发挥自己的爱好特长都是可以的，打游戏能起到放松的作用吗？我才疏学浅，不敢苟同。您可以问一下您的孩子，是否有这种情况？我希望每个孩子都是诚实的。

我把这些写给您，是因为您的孩子真的很优秀，我太想让您的孩子以及您、我们都能实现入学时的梦想，套用一句时髦的话："同心共筑中国梦"。我们班 29 名同学，24 名同学都有考研、出国的理想，这是非常难能可贵的。不用说在农学院，就是在整个交大，比例也差不多是最高的。能够有这么好的一个学习氛围，我作为班主任倍感欣慰，亦深感责任重大。我真的不想让这些理想仅仅停留在纸上。追梦是一个马拉松式的长跑，可不是一时的心血来潮。既然有这样的雄心壮志，就要为之努力、奋斗，从一点一滴做起。

面对这些优秀的学生，我唯恐自己略有懈怠误了孩子的前程。所以我亦时时勉励自己，千万不要辜负了孩子和家长的一片赤诚。在班会上，我曾经给大家撰写一副对联："千顷黉宫聚八方才俊志上青天揽明月，百年学府证一世情缘胸怀道义谱华章"。一方面我们的学生的确都很优秀，都是各省的佼佼者；另一方面，即便如此，仍然需要志存高远、虚怀若谷、砥砺品行，方可上九天揽月、下五洋捉鳖。

但成绩也不是全部，我更多关注的是孩子综合素质的提高。孩子在交通大学的第一个学期就这样匆匆结束了，刚入学时的新鲜、热闹、迷茫、彷徨仿佛都历历在目。我不敢确定，孩子在这一个学期里具体收获了什么，我能确定的是孩子在成长——飞速成长！

也许您会发现他比以前更有礼貌了，也许您会发现他开始谈恋爱了，也许您会发现他比以前更会待人接物了，也许您会发现您跟不上他的思维节奏了，也许您会发现他已经浸润了交通大学的精神气质，也许您会发现孩子开始具有独立的思想、自由的精神……

在这一个学期里，我也在和您的孩子共同成长。说共同成长，是一点都没有谦虚。我记得美国物理学家惠勒说过："大学里为什么要有学生？那是因为老师有不懂的东西，需要学生来帮助解答"。这是教学相长的最高境界，我深表赞同，且感同身受。从拿到学生名单的那一刻（8 月 26 日）开始，就注定我与您的孩子结下了不解之缘。是这些可爱、优秀、极富个性的孩子推动着我不断学习，教会了我与各种学生打交道，教会了我提炼自己的思想，促使我不断在这个岗位上真情付出。我真的把同学们当成了自己的孩子、朋友来对待。他们年轻、积极、乐观、高昂的精神面貌也在时刻影响我，正因为有这样的一个正向的影响，我回馈他们的自然也是满满的正能量。我们班级就是在这样一种良好的双向互动中不断凝聚、向前。

写到这里，我也想把本学期我们的班级工作向您做一个简单的汇报，请您多提宝贵意见！

我一直在思考，学生最缺什么？或者说我们国人最缺什么？中国存在的许多问题，比如各种伪科学、谣言、盲从盲信、急功近利、道德沦丧等为什么会有生存的土壤？我觉得原因可以归结为一点：就是缺乏“科学精神”。科学精神的实质是：探索、质疑、实证、理性。“钱学森之问”也好、“李约瑟难题”也罢，盖因缺乏科学精神。所以，我就要给同学们补这一课！只要塑造出了科学精神，其他的问题都会迎刃而解、水到渠成。所以，我所有的工作其实都是围绕着塑造科学精神来开展的。其他主要包括专业素质教育、集体精神培养、学习氛围的营造，关心生活等五个方面：

一、科学精神塑造：组织开展了“科学精神进课堂”系列主题班会。并于 11 月 16 日召开了第一次主题班会“认识中医药”，12 月 22 日召开第二次主题班会“生命科学・大学・大学生活”（日后将陆续召开其他主题，已经排好的有“认识转基因”“科学与人生”“认识果蝇——模式动物的翘楚”“野生动物——人类和谐共存的守护神”等）。

二、专业素质教育：通过和每一位新生及家长谈话，打电话，召开主题班会，以及在 9 月 7 日首次开班会时写了一封“致全班同学的公开信”。在信中勉励大家志存高远，胸怀

2013年11月16日，学术活动中心，与"科学精神进课堂"系列主题班会——认识中医药主讲嘉宾合影

天下，树立正确的专业思想。同时在9月23日带领新生到漕河泾开发区的柯惠公司进行参观学习，了解专业背景及就业前景，加深对专业的了解。

三、学习氛围的营造：通过自费购书赠给同学、邀请嘉宾召开"大学生活怎么过"主题班会、专业介绍主题班会（人生若只如初见）、致全班同学的公开信、给个别同学写信交流、QQ上交流、单独谈话等多种方式，要求同学们一定要以学业为重，把大学当成一个真正的象牙塔，心无旁骛，细推物理须行乐，不为浮名枉此生。目前动科班29名同学有24名同学有考研、出国深造的理想。

四、集体精神的培养：自己出资召开中秋晚会（题写对联一副）、“我们是一家人”主题班会（在班会上题写对联一副，作诗三首），“此情可待成追忆”主题班会等形式促进同学之间的交流、合作、凝聚人心、形成良好的集体氛围。

五、关心生活等方方面面：在新生尚未入学前，给每一位新生的家长打电话，询问家庭是否困难，是否需要帮助等。通过与每一位同学谈话、QQ 交流、建立家长 QQ 群、与家长打电话沟通、参加同学辩论赛、诚信宣誓、平安夜送苹果（两箱苹果，一人分 3—4 个）、生日时发短信，送一件生日礼物（一般是一本书或一套书），与同学交心，成为知心朋友。在学生有困难时第一时间出现在面前，帮助解决。

六、一般情况总结：本学期分别与 57 位同学谈过话；23 次到学生宿舍走访；本学期参加了 14 次班级活动，主持召开了 8 次班会；所在班级有 8 位困难学生，本学期分别谈话 13 人次，均取得较好效果。本学期联系过的家长共有 45 人次，就新生入学（包括宾馆的预定、行李托运、专业的选择等等），学生来校后的表现以及将来的就业、深造、出国等诸多问题进行了卓有成效的沟通，解除了家长心头的顾虑，初步形成了学校、学生、家长三方联动的良好态势。现在我把自己的各种联系方式都告诉了家长，可以进行有效沟通。

以上这些工作有赖同学们的全力支持与参与，均得以顺利开展，且取得了良好的效果。我本人也被评为学院“优秀班主任”和上海交通大学 2013 年新生季教育活动“金钥匙”奖（这个奖全校只有 10 个名额，我是唯一的新生班主任）。这些荣誉的获得，离不开您孩子的肯定和鼓励。但获得荣誉并不是我的目的，她只是我为了实现学生的梦想中的一个副产品。有了这样一些副产品，我能更方便地开展工作，我的信心也更足了。也让我认识到即便是在整个交通大学，像我这样工作的人也是极少数的。这也更促使我全心投入到班主任这个岗位上。我认为这是非常有意义的，是值得我付出的一个岗位。虽然每月仅有 300 元的班主任津贴，但我看重的不是钱、也不是名，我看重的学生的成长、收获、梦想。

2013 年 9 月 7 日，霍英东体育中心，开学典礼

您收到此信时，正值寒假时间。这是孩子的第一个大学寒假，与高中自然有很大的不同。没有了学业的压力，是否就要放松自己呢？适当的放松我也赞成，但绝不可过度。凡事预则立、不预则废。我觉得应该更加理性地利用好这个难得的假期。我在和部分同学谈话时发现，很多同学是很清醒的，比如有的同学要打工锻炼、有的同学要读几本书，有的同学要进行社会实践，有的同学还说要好好总结一下这一个学期的得失，前事不忘，后事之师。总之，形式可以多样，但一定要多读书、多实践、勤思考，切不可沉迷于网络和游戏。家长也要配合学校规划好孩子的寒假生活，督促学生改掉一些不好的习惯，逐渐养成能够“慎独”的好习惯，帮助孩子度过一个欢乐、理性、有意义的寒假！

说了很多，中心目的只有一个，那就是为了我们共同的梦想！我相信经过我们坚持不懈的努力，科学的规划，这个梦想必定会实现。长风破浪会有时，直挂云帆济沧海！

我期待着四年后的那一天，金色的阳光下我们灿烂的笑脸。

最后祝您春节愉快、阖府安康！

顺颂大安

杨志彪

二〇一四年元月十四日于上海交通大学

合理利用假期，坚持成就梦想

——2013—2014 学年第二学期期末致家长和同学的公开信

学校放假的目的并不是为了休息，而是为了学问。

时间真的是良药，坚持若假以时日，必定能发挥出最强的威力。

2014 年 5 月 11 日，学院报告厅，与“科学精神进课堂”系列主题班会——认识转基因主讲嘉宾合影

尊敬的家长并各位同学：

您好！“残云收夏暑，新雨带秋岚”。八月的上海依然酷暑难捱，但却已是立秋时节，大部分省区也已感丝丝凉意，想来真正的秋天也不远了吧。在这样的时刻，您收获了您孩子在交通大学的第二份成绩单——一定颇有感触吧。中国历来有在年终岁末总结的习惯，对于学生来说，一个学年的结束理当做一个总结吧。这份成绩单与第一份不同，或许有进步，或许有无奈，或许有惊喜，或许有懊恼，或许有窃喜。但无论怎样，我希望都要以一颗平常心面对这份成绩单。其实，我们面对的不仅仅是这份成绩单，而是一个个朝气蓬勃的青春生命。

我与您的孩子在交通大学度过了一年的光阴，在这一年里，我发现孩子们都有了明显的变化。有的孩子已经在科研的道路上昂首前行，有的孩子成长为学生会团总支的骨干，有的孩子为班级事务尽心尽力，有的孩子投笔从戎、报效祖国，有的孩子乐于助人、以爱心回报社会……当然也不全是好消息，有的孩子休学，有的孩子有很多挂科，也有的孩子吃了退学警告。虽然是坏消息，但这个学期所有吃了退学警告的同学都认识到了问题的严重性，卧薪尝胆、发愤图强，取得了长足的进步。这个退学警告是人生中的一个小小的挫折，遇到困难和挫折都不可怕，只要认识到问题的严重性，两只脚不踏进同一条河流，不犯相同的错误，就是最大的进步——退学警告的教育意义即在于此。

现在正是暑假期间，大部分同学都参加了社会实践，这很值得提倡，所谓读万卷书，行万里路。可是却有很多孩子不了解为什么学校要放寒暑假。学校为什么放假？这本来不是问题，因为大家都相信这样的话：学校放假是为了让师生避开严寒酷暑，是因为教学活动的劳动强度太大，还有的学生说是为了与父母团聚。尽管这些解释有点勉强，但好像没有更好的答案。我最近在看一些教育方面的书，发现民国时期的潘光旦先生对此早有明确论述。潘光旦是上个世纪中国思想文化界的泰斗，他在社会思想史、民族历史、优生学、性心理学、教育思想等领域都有很深的造诣，曾先后兼任清华大学及西南联大教务长、社会系主任以及清华大学图书馆馆长等职。

在论及“学校为什么放假”的问题时，潘光旦的文章《假期与知识生活的解放》提供了一个让人茅塞顿开的答案。文章一开头就说：“学问没有止境，也就不宜有长时期的间断。学校的假期，少则一月，多则三月，难道办教育和创制假期的人的本意，真要教人在这一个月或三个月之内完全停止学问工作么？我恐未必。”可见在潘先生看来，学校放假的目的并不是为了休息，而是为了学问。

接下来潘先生又毫不客气地指出，学校的最大缺点，就是过于重视教材。“一种课本，少则读半年，多则读一年”，

2014 年 9 月 17 日，逸夫科技楼，送别即将入伍参军的沈于韧同学

使学生“无一刻不在字里行间寻生活”，失去了自动研究的机会。他认为这种“专读一书”的单调和痛苦，比八股文还要严重。他说，心理学家认为“钩心绊脚”的八股文还有一种磨炼智力的功用，而那种“专读一书”的教学模式却不会给学生带来任何乐趣。

正因为如此，潘先生认为，假期则是每一个学生“解除痛苦恢复自由的上好机会”。为了达到这个目的，他提出：首先要树立“在假期里，我便是我，而不是教员的学生”的信念，其次要选择一两个比较高明的求知方法，去过一种独立自主的学习生活。在自然知识方面，可以做一次有目的的远足，从事地质的观察和生物标本的采集；在社会知识方面，可以找一个小题目，利用图书馆的资料进行研究。

潘先生的话让我想起胡适在美国留学时的情况，据《胡适留学日记》记载，其到达美国后的第一个暑假是从1911年6月11日开始的，直到9月28日的日记，才有“今日为上课之第一日”的记录。可见，当时美国大学暑假有三个半月之久，在这漫长的假期中，胡适干了些什么？综观这三个多月的日记，他的暑假生活丰富多彩，令人羡慕。其中有旅游、开会、交友、阅读、写作、打球、玩牌、逛公园、学拉丁文、演讲辩论、上暑期学校（包括学化学、演习题、做实验）等。这与潘光旦的主张完全一致。可见在美国大学里，虽然未必有“专读一书”的单调和痛苦，但放假的目的，却是为了“知识生活的解放”，为了给学生多留一点自由自在地学习研究的机会。

这样又出现了一个问题：潘光旦先生为什么要把学校教育说得那么可怕呢？我想这与学校本身的缺陷有关。据说，近代教育制度是工业文明的产物，所以有人把学校比作工厂，把教室比作车间，把教师比作工人，把学生比作原料。这种“规模化生产”虽然有利于更多的人接受教育，却又出现了另外一个问题，其中主要是它不但不能照顾到每一个个体的身心发展、兴趣特长和特殊爱好，还可能把他们变成千人一面的工具。为了避免这种状况，创立现代教育制度的人们才在两个学期之间安排一个比较长的假期，目的是为了给学生更多的自由，让他们的个性和才华有一个成长发育的时间和天地。

明白了上述道理，是不是对学生在假期所需要从事的学习和实践生活有了更清楚的看法了呢，学生该怎样度过一个有意义的假期是不是一目了然了呢？

一年过去了，再开学时咱们班的学生就升级为学长了。大学四年已经过去了四分之一，大学生活在每个人心中都有不同的品味吧，所谓“如人饮水，冷暖自知”。但不论怎样，生活的车轮不会停止，会一如既往地前行。我们所能做的，就是再一次审视自己走过的这一年，认真地规划好自己的生活和学习，凡事预则立，不预则废。在这个学期里，我还与孩子们共同面对了一些其他问题，比如室友关系的协调，家庭矛盾的调解，情感问题的解答，安全问题的叮嘱等等，每一次我都诚心诚意与孩子们交流，或多或少能帮助孩子们正确的处理这些问题，特别是有些孩子在这一年里遇到了很大的困难，比如在关于选择专业、关于学习上，关于理想和现实的矛盾，关于坚持等，有同学给我来信，有的主动约我交流，每一次我都耐心细致及时的回应。在与孩子们的交流中，我深深感到自己所学、所知有限，虽然勉励为之，仍觉任重道远。在这里，我想与各位家长分享一下自身的经历，或许有助于解决此类问题，对孩子的成长有一点点借鉴作用。

我是1992年9月4日到内蒙古农牧学院（1998年更名为内蒙古农业大学）报到的，专业是兽医，还是5年。限于资讯水平、经济条件、教育发达程度、学校管理、班主任等条件所限，我对专业的了解远不如我们班的学生这般全面和细致，有什么疑虑也没有可以倾诉的对象。当然我还是比较喜欢这个专业的，其实也不是喜欢这个专业，而是喜欢大学生活，至于专业好像无所谓，刚入学时也没有继续深造等过多的想法。就这样懵懵懂懂地开始了大学生活。由于是五年制，课程的安排似乎也不是很紧张，各门功课应付起来也不是很难。所以虽然我的入学成绩在全班是最低的，第一学期结束后，竟然得到全班第二名的成绩，这是我没有预料到的。在以后的学期里，每次都是第二名。但是，高数和有机化学现在想起来也仍然心有余悸（这是我要给各位家长分享的第一件事）。这是我在大学期间唯一几乎要挂科的课程。这两门功课无论如何都不开窍，即便是在考研时，我的“有机”也是得了很低的分数，勉强过关。我曾经百倍地努力，但就是掌握不了这两门功课，一度怀疑自己的能力。也曾极度苦闷。为什么投入和产出就不成正比呢？为什么别人看似没怎么学习，就拿了高分呢？我一直相信坚持的力量，为什么坚持这么长时间竟然没有成效呢？我的理想、我的目标是否就要打水漂了呢？

这些问题无时无刻地不在影响我。我那时非常内向，不善于和人交往，朋友也有限（和现在的我比较起来，真是变化很大呢）。即便有，也不会去说这些事情。所有的问题我都是一个人慢慢消化和解决……

在三年级的时候，我做出了考研的决定。考研的话，别的功课我都不愁，但意味着必须攻克外语和有机化学（大部分院校是不考数学的，所以数学课程结束后就不再考虑了）。这就引出了我要与您分享的第二件事，您可能不知道，我上大学之前，因为民族教育的缘故，在高中我们那个班是不学外语的，以母语——蒙语代替外语。所以上大学之后就要从零开始学习外语。因为听信了学长的建议，说日语和蒙语的发音和语法非常接近，对于蒙古族学生来说，日语比英语好学。也就避重就轻地学习了日语（至于后来由于研究和工作的需要，又自学英语，那是后话了）。大一大二有老师带着学习，还算跟得上。但两年时间也就刚刚入门吧。大三以后，就不开课了，完全靠自己自学。难度可想而知。除了完成必要的功课以外，在以后的两年里，我所有的课余时间几乎都交给了日语。节假日，寒暑假。长达两年半的努力没有白费，最后考研时日语顺利通过。有机化学则在考研之前参加了一个辅导班，算是开窍了，考研也就顺利通过了。

我天资没有别的同学聪明，所以学习每门功课都需要比别人花费更多的时间。这里我不得不提一下另外一件事，这也是我要与你分享的第三件事——我从高二开始患有严重的神经衰弱，一直到硕士毕业。在长达十年的时间里我无时无刻不在与之作着斗争。我不知道您是否了解这个病。症状大概有：只要稍微多用一点脑子，比如多学习一会儿，晚睡一会儿，就会头痛难忍，厉害的时候晚上睡不着觉，白天无精打采。后期需要依靠安眠药来入睡，即便这样也睡不着觉。最严重的一次，由于换了新药，不适应，心跳骤然增加到200多次，紧急送医院，幸好无大碍，停了药就好了。所以必须严格控制自己的作息时间，勉强应付学习生活。在高考紧张的复习阶段，得了这个病，无异于判了死刑。也许我生性愚钝，我从来不过多地考虑如果考不上会怎么样，而是把所有的精力放在了治疗和恢复以及如何合理安排学习生活上。把每天的时间安排得井井有条，不去管别人是否在挑灯夜读，是否在加班加点。就这样，在极其痛苦的状态中结束了高中三年的生活。高考三天，我是晚上吃安眠药，早晨吃脑清片，坚持了下来。我的平时成绩基本上是在班级的前3—5名，最后高考成绩出来了，那年我们班一共考上9名，我是最后一名。成绩虽有所退步，但总算也是涉险过关。到了大学，虽然压力没有高中大，但是这个病很是顽固，依然是不能多用脑子。依然是每次期末考试时还是需要晚上吃安眠药，早晨吃脑清片。这样度过了大学五年和研究生入学考试。因为头痛，在考研前大概有十几天的时间也是一点书都看不了的，那种有心无力的感觉，真的是在考验一个人的忍耐和毅力的极限。等到研究生三年，这个病逐渐好转，硕士毕业参加工作后，就基本上好了。

我现在的生活很平静，可是每每回想起我自己走过的那段求学岁月，我都心有余悸。上述三件事情，有一件事没有坚持下来，都会前功尽弃，也许其中的一次哪怕小小的退缩，也就不会有我今天的生活。坚持这件事情说起来很容易，但真正做起来，确实是很令人煎熬的。往往会在一个较短时期内由于某些原因未达到预期效果时，心理就会产生动摇。这种时候，不要过分着急，先可以搁置一下。

时间真的是良药，坚持若假以时日，必定能发挥出最强的威力。这也就引出了很多学生可能会面临的另一个问题。比如会经常感觉到与那些高手相比有很大的差距，这时千万不要着急，这本身就是一种进步，也是求学时必定要经历的阶段。我当初在哈尔滨兽医研究所做硕士论文的时候，也是遇到这样的局面。那时候，我是客座研究生，对动物分子病毒学还是门外汉，一无所知，到了哈尔滨兽医研究所，对学生和老师的谈论也好，作报告也好，真的是如同天书，一点都不懂。焦急也没有办法，办法也只有一个，那就是回去自己多看书，多看资料，勤做实验，慢慢也就进入角色了，最终也顺利毕业了。知不足而能有所学，这似乎是我的学习常态了。也是在这种学习生活中，我的专业知识不断增长，目前也能满足科研和指导学生所需，跟得上国际发展趋势。能意识到自己的差距是一件好事，相反，如果认识不到差距，等待我们的就只会是被淘汰。

人是有天赋之差别的，但我们如果意识到了这种差别，有针对性地、主动地、积极地去弥补，再加上毅力、勇气和坚持，我们的理想一定能够实现。其实我不去说这段话，相信您一定能从我的经历中体会出来。这也是为什么我要长篇大论地与您分享我的人生经历的原因。

我知道您的人生经历一定更加丰富多彩，知道您能理解坚持是一件多么不容易的事情。每一个有梦想的人，离开了坚持绝对不会成功。在前进的路上必定会遇到各种挫折，我们不要过多地去想结局，而应该更多地关注当下的每一天、每一件小事，应不应该做，应该怎么做。所谓水滴石穿，绳锯木断。“我不去想是否能够成功，既然选择了远方，便只顾风雨兼程”。这是支持我一直以乐观、豁达的心态坚持下来的原因。我永远不会放弃我自己的梦想，即便是遇到挫折，即便是看到别人已把我甩在身后，但我仍然执着前行，不去关注别人，只关注自己，经过漫长的跋涉，我的未来就不是梦。

诚然，选择生物这条路，就意味着比别人多付出，很多同学要考研究生，这就又要做生物的科研，面临的困难是显而易见的。这种时候，更要耐得住寂寞、经得起考验、不被一时的挫折打倒，积极地、乐观地、科学地面对，孩子们会成功的。

一个人的成功，并不在于到达终点时的辉煌，而在追求过程的点滴，可以是快乐，也可以是痛苦，可以是挫折，也可以是顺利。总之，这都是生活，是有意义的生活。若干年后，当我们回想起往事，印象最深刻的不会是那些令我们高兴的事，而是令我们无助茫然无奈时的痛苦。但是如果把这些当作是对自己的磨炼，是不是更好些呢？没有一个人能够随随便便成功，我们同样不会例外！

相信我，相信坚持的力量！

我啰啰嗦嗦地说了很多，主要是与您分享我的个人经历，希望对孩子们今后的人生有所帮助。然而由于时间、地区、教育、性格等的差异，特别是时代的进步，我的那些经历，不可能完全复制了。但是孩子们所拥有的条件比我那时要好了许多，相信他们比我的天资好了许多，相信他们再也不用花十年的时间去克服某个疾病，相信他们再也不用担心无处倾诉，相信他们拥有更多的解决问题的办法，相信他们有一个爱他们的班主任。

有些同学虽然平时交流不多，但我是爱每一个同学的。所谓“静水流深”，我平静的表面之下，是汹涌澎湃的感情之河，我爱咱们这个大家庭的每一个成员，他们的痛苦和欢乐，成功和挫折，我都感同身受。我愿与孩子们分担风霜霹雳，分享雾霭虹霓。不论何时何地，我都会与您站在一起，做孩子们坚强的后盾，我们一定能够克服困难，共同迎接美好的未来！

最后，请告诉孩子们，勿忘初心！

顺颂时安

杨志彪

二〇一四年八月十六日于上海交通大学

（注：信中所涉及的潘光旦以及胡适教育思想的文字，均引自著名学者智效民的新浪博客，在此致谢）

2013 年 12 月 13 日，国旗广场，参加升旗仪式

科学精神进课堂

——2014—2015 学年第一学期期末致家长和同学的公开信

教育的本质是培养学生具备识别真伪、区分善恶、分辨利害的能力，科学精神是实现这一最终目标的必经之路。

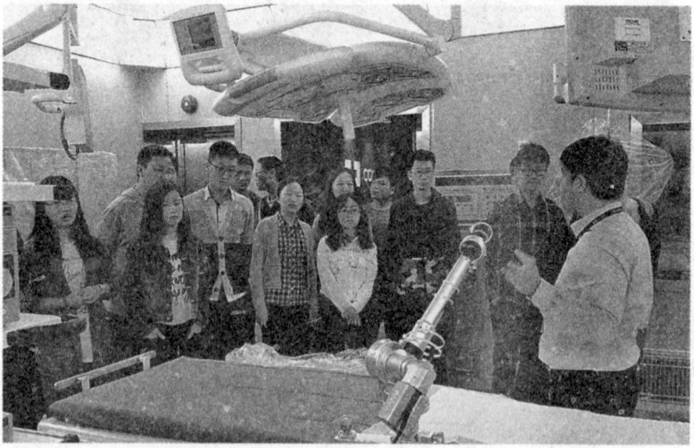

2016 年 5 月 13 日，美敦力集团，带领同学参观实践

尊敬的家长并各位同学：

您好！马踏祥云去，羊衔瑞草来。交大春来早，腊梅次第开。时光匆匆，又一个学期结束了，您的孩子已在交大度过了整整三个学期。不知您此时有何感想。写此信时，您的孩子早已回到家了吧，正在享受家庭的温馨和天伦之乐；或许也不全是这样，有的孩子还去北京学英语，参加托福考试；有的孩子还去旅行，无论是冰城的玉树琼花，还是江南的细柳微风，我相信都是在践行“行万里路、读万卷书”的箴言；还有的孩子在与专业相关的公司实习，早日感受职场的氛围；还有的孩子充分利用假期学习二专……这些都是令人鼓舞、令人欣慰的。

还有的学生，迷途知返，虽然在第一学年由于各方面的原因，不太适应学校的生活，导致学习困难。但经过一个学期的努力，相信都已经顺利度过了危险期。一个人不怕犯错，可怕的是知道了自己的错误而不去弥补和改正。万分有幸的是，我能亲身见证几个孩子的迷茫、奋进和努力！他们和那些学习成绩优秀的孩子一样具有金子般的意志品质。相信他们，一定会有一个美好而光明的未来！我爱他们！自己作为老师，真的为我的所有学生感到骄傲和自豪！相信您也感同身受吧。

本来在考试周结束后，想多去同学寝室看看同学们，没想到我女儿不争气，这些天生病了，身体一直不好，需要我陪伴、照顾。所以，只能是给学生们发短信、打电话叮嘱一下，愧疚之余也希望同学们见谅。好在，孩子们应该都平安地回到了家，我也就放心了。

按往年的规矩，我首先向各位家长汇报一下我们班级今年的一些活动情况（详见附于文后的“动科班新年致辞暨十大新闻”）。特别令我感动的是，2014 年 12 月 30 日那天晚上的聚餐时同学们热烈的氛围。一般饭桌上我从来不劝酒，那天也如此。但很多同学为了表达感情，饮酒略多，有两个男生竟然醉了。也许，在他们年轻的心里，想用这微薄之酒，在这个除旧迎新的时刻表达一种感情。总之，那天的氛围非常融洽，非常令我感动。在此，也向各位家长表达我的谢意，感谢您的信任和理解、感谢您把孩子放在交大！

除了十大新闻里列举的一些事情之外，在近一年的时间里，还做了一些琐碎的工作：分别与同学谈话 60 余人次（午餐、光彪楼二楼茶座、校园咖啡、伊诺咖啡）；30 余次到学生宿舍走访；参加了 18 次班级活动，主持召开了班会 8 次；接待家长来访 6 人次；每逢生日送同学一本书并题字；端午送粽子、中秋送月饼、平安夜送苹果。

我经常想，这些虽然都是小事，却关乎学生的成长，当然包括身体和心灵，更多的是人格的成长。从这个角度来讲，这些小事就具有了重要的意义。客观上也会起到这样一个作用：家长和学生都能时刻感受到交大的关心。我做这些不图名利，只求心安！若问究竟，责任使然。交大的校训就是

“饮水思源、爱国荣校”，任何时候我们都应当怀感恩之情，存报国之志。我不才，能有今天，离不开亲人、朋友、师长、家长和学生的关心、帮助、支持。相信每个人都不会例外吧。

最近，脑海中还经常出现孩子们刚来时场景，稚嫩的脸庞、殷切的渴望，一转眼已经过去一年半了。何去何从？凡事预则立，不预则废。是该确定自己的方向了，是考研？出国？还是工作？是公司？机关？还是临床？这些都已经迫在眉睫了。您或许也该和孩子好好规划一下了。

但不论怎样，都勿忘初心，不要忘了自己的梦想和我们家庭的梦想。来交大是为了什么？在前面的两封信里，我跟大家谈了关于如何坚持、选择、理想、对待挫折等等。这一次我想谈谈“科学精神”。科学精神究竟是什么？可以用八个字来概括：“探索、质疑、实证、理性”。其实这也与教育的目的一脉相承，自然就是我们在交大读书的根本任务。我们知道，教育的本质是培养我们明辨是非、区分利害、识别善恶。科学精神恰恰就是实现这一最终目标的必经之路。一旦具备了科学精神就能实现教育的根本目标。

最近一直在看关于任鸿隽的科学救国思想。很多家长肯定了解这个人，尤其是四川籍的家长。因为任鸿隽是四川人，民国期间曾作过四川大学的校长。任鸿隽是我国最早的科学杂志——《科学》月刊的发起人，也是我国最早的综合性学术团体——“中国科学社”的领导人。作为中国现代科学事

举办“科学精神进课堂”系列主题班会

业的倡导者和组织者，他发起的科学救国运动与胡适发动的白话文运动，被誉为五四以来两个重大的文化革新运动。综观其一生，他始终为科学救国奔走呼号，热情地介绍科学起源、科学精神和科学方法。如今大半个世纪过去了，了解一下他那鲜为人知的思想和经历，会给我们很多启示……

任鸿隽在于1926年由商务印书馆出版的“科学”月刊的序言中说：科学是根据自然现象，依照逻辑方法发现其关系法则的有系统的知识。用这个定义来衡量，那些片段的发明（比如我国火药和指南针）、偶然的发现（比如人类的用火）和空虚的思想（比如玄学、哲学、经学），都不能算作科学。

我们大概从小就知道四大发明，而且往往也以为这就是科学。其实，在任鸿隽看来，这只是片断的发明，而不是系统的科学。这不是很耐人寻味吗？很多家长或许也注意到了，最近我们国家有一个可喜的变化，就是一些真正的科学家开始主动参与到科学普及的活动中来，比如饶毅、鲁白、施一公、谢宇。其实这也不是新生事物。在一些科学普及程度比较高的国家已经是传统。同样的，我们国家在民国初年至建国初期也是蔚然成风，比如潘光旦、蔡元培、梅贻琦、傅斯年等。现在，越来越多的有识之士认识到科学的本质，认识到在普罗大众中普及科学精神的重要性，这正是大学的基本功能之一。然而，在过去的近半个世纪里，我们虽然明白科学的重要性，但在发展的过程中走了一些弯路，导致现在的许多问题。其实，任鸿隽早在 1926 年就指出，要了解科学，首先要明白科学的两个起源：一是实际的需要，二是人类的好奇。由于前者是外在的压力，后者是内在的冲动，所以就科学发现和科学创新而言，好奇心比实际需要更重要。基于这一认识，他告诉人们：科学家研究科学，不是为名利所驱使，而是为好奇心所引诱。为了这种天生的好奇以及由此而来的精神需求，许多人（比如阿基米德、伽利略、哥白尼等）甚至不顾自己的生命。因此他反复强调，人类物质文明的进步并不是科学家最初的动机，而是科学研究的必然结果。如果只想从物质文明方面来追赶发达国家，只想把科学当作一种富国强兵、改善生活的手段，却又不晓得科学的真谛，那就是一种得鱼忘筌、舍本逐末的做法，不仅不会成功，差距还可能越来越大。

我们现在读到这样的文字，真是令人深思，如果一个人，仅仅为了养家糊口，而丧失了最初的好奇心和梦想，我们的科学精神就无从谈起了。

在《科学概论》中，任鸿隽还对科学与常识作了辨析。他借用赫胥黎的话告诉人们，科学并没有什么神秘，“科学是有组织的常识，科学家也不过是有常识训练的普通人”。因此他认为：“科学精神就是常识训练，……这种精神不但是一切科学所应有，即是平常处事……也应该如是。”也就是说，不仅是科学研究，即便是个人思想行为、社会团体组织，也应该受科学精神支配。

这段话使我们明白，科学精神不仅体现在科学的发展，科技的进步；不仅仅是庙堂之高的庄严，而是实实在在地影响社会的方方面面，我们所享受的便利、所讨厌的弊端，大抵都与科学精神相关。

关于科学精神，任鸿隽总结了五个特征：一是崇实，二是贵确，三是察微，四是慎断，五是存疑。他还说，如果再加上不怕困难、不为利诱等品德，就更完备了。相比之下，当时的中国学界却有四大弊病：一是材料偏而不全，二是研究虚而不实，三是方法疏而不精，四是结论“乱而不秩”。这还是就学问而言，“至于那些趋时应世的文字，于学问无关而于人心有害的，（就）更不消说了”。面对如此巨大的反差，他不是悲观失望，而是告诫大家：西方在中世纪时比中国更黑暗。只是在文艺复兴以后，科学家才把发现真理当作自己的天职，“他们与宗教战，与天然界的困难战，牺牲社会上的荣乐，牺牲性命，去钻研讲求，才有现在的结果。我们若不从根本上着眼，只是枝枝节节而为之，恐怕还是脱不了从前那种‘西学’的见解罢”。

这样看来，我们其实也不必过分妄自菲薄，从建国到现在还不到70年，能有如此成就已是难能可贵，我们如果能及时认清自己的不足，找到科学发展的正确方向，便是科学精神的本质。

任鸿隽认为，一个人获得博士硕士学位，并不算真有学问；只有经过十年二十年艰苦努力，才能跻身于学者行列。他强调，人不能单靠面包而生活，大学教师的职责不是贩卖知识，而是要培养学生的研究兴趣，让他们明白科学研究的目的不在于物质享受，而在于精神满足。这是一种高尚的刺激和知识的愉快。他还说，真正的科学是独立的，不依附于任何主义的，把科学和物质文明等同起来，或者“骂科学是帝国主义的”，都是不明白科学的真谛。

我不知道您看到这段话的感受是什么？我的第一个反应就是，我们的科学精神，如果要做到任先生所说的那种境界，还是任重而道远啊。这恰恰也为咱们当代的大学生提供了契机。科学兴亡，匹夫有责，我们如果能够自我觉醒、从我做起，终将会迎来科学的春天。一缕微风吹过，虽然了无痕迹，经久不息，却能成就石林山海，造化奇观。

这也是我自费在我们班举办“科学精神进课堂”系列主题班会的初衷。目前已举办四期，日后必将坚持下去。

谈了一些粗浅的见识，目的只有一个，就是希望家长、学校和我共同努力，培养孩子的科学精神。当我们具备科学精神之日，便是自我人格升华之时。我泱泱中国的希望便在于此！

这封信刚放假时写了一半，因为女儿生病，耽搁到今日，迟奉为歉。

余言再叙，谨致新春快乐，阖府安康！

杨志彪

二〇一五年一月卅一日夜于上海交通大学

（注：信中涉及的任鸿隽的科学思想的文字，均引自著名学者智效民所著《大学之魂：民国老校长》，北京：中国华侨出版社，2012 年 5 月第 1 版）

附：动科班 2014 年新年致辞暨十大新闻

窗外数九寒天，屋内暖意融融！咱们动科班第一次坐在这里辞旧迎新，这么多青春的面孔，这么多激动的脸庞，真心令人陶醉，真心令人激动。

每逢年终岁末都有总结一年的习惯，我也试着列出了咱们班的十大新闻，同学们听好了：

一、2014 年 12 月，动科班所向披靡，一路过关斩将，成功斩获上海交通大学“先进集体”荣誉称号。这个荣誉离不开全体同学的付出和努力，凝结着大家的智慧和汗水。在座的各位同学，你们真的很优秀，完全有理由为自己自豪、为自己骄傲！为自己鼓个掌！

二、你给我一片红叶，我将回报你整个森林。我们动科人从来不缺乏爱心，懂得尽己所能，回报社会。在这个温暖的夜晚，我们一起来回顾一下我们动科班 2014 年爱心之旅：第一，我们于 2014 年 4 月份，向山区儿童捐赠了衣物和学习用品；第二，兰兰、硕硕、帆帆、健健、明明、龙龙等同学分别参加了上海交通大学爱心家教志愿者、TECC 志愿者服务活动、图书馆志愿者活动、上海市马拉松志愿者、上海市科技馆志愿者、红旗敬老院志愿者、上海动物园志愿者、校运会开幕式志愿者、活力社区志愿者等等。目不暇接啊！特别是为交大附小以及闵行周边的小朋友解决学习方面的困难，小朋友很喜欢的，以后多去去，因为我女儿也在那个学校，第三，蒙蒙、小野同学积极献血，热血无声，人间大爱。第四，小柳同学加入上海科技馆志愿者、公益社团爱心屋、中华骨髓库。特别是加入骨髓库，太难能可贵了，现在我们国家的白血病等许多血液病人都亟待骨髓，也许小柳就能挽救一个或者几个病人的生命。以柔软之躯担人间道义，我们必须给你点 25 个赞！你们的爱心志愿等活动，深深感染着我，也感动着我。在这里，我谨向你们致以崇高的敬意！谢谢你们！有爱心，就是任性！

三、曙光初照演兵场，飒爽英姿五尺枪，动科儿女多奇志，不爱红装爱武装。我们在今年的暑期成功地完成了军训，同学们在整个军训期间表现优秀，出色地完成了各项任务，特别是女同学护肤防晒工作非常到位，一个都没有晒黑。当然，这期军训也留下了我带你们班以来最大的遗憾，我因为需要照顾女儿，很少来同学们军训的现场，就让这件事遗憾终生吧！

四、军训结束，新学期开始，就迎来了一个莫大的光荣和一点点伤感。那就是小韧同学投笔从戎、报效祖国！光荣和自豪的是，小韧同学作为上海人，能有此志向，实属难能可贵，也为农学院超额完成了任务。伤感的是，咱们班又少了一名文艺骨干，真心想念！期待着小韧早日退伍回来，鞭敲金蹬响，高奏凯歌还！同样光荣和伤感的还有，那就是小力和小野转专业。在十月份，得知这个消息以后，为他俩举办了一个小型的饯行。希望她们不要忘了动科班，常回家来看看。并寄语他们：琢玉培香堪大器，敦品力学济人生。星垂平野天地阔，月照浦江伴君行。

五、读万卷书、行万里路，我们在2014年的社会实践活动中大放异彩。寒假期间，小力、帆帆、小宜、小韧、小婳在苏州和西山岛上，进行学习实践，完成了《转基因技术安全性的社会民众认识和科学原理调研》。学习、了解转基因技术原理方法和民众的认识情况，增进专业知识同时也向民众展示转基因农业产品本质及安全性调研成果。暑假期间，以咱们班同学为主体，完成了《现代高效农业发展模式——新型生态农业调研》（小力）、《宠物商店的发展状况和前景调研》（硕硕）和《乡村教师培训计划》（蒙蒙、小豪等）等社会实践活动。而我本人也荣获“优秀社会实践活动指导老师”的荣誉称号。荣誉不重要，重要的是，同学们通过这些实践活动，真正实现了多读书、常思考、勤实践的为学之道，对于养成自己完整的人格至关重要。

六、脑中有科学、心中有道义，“科学精神进课堂”系列主题班会已经成为我们2013级动科班的特色活动。本年度又开办两期：2014年4月27日，我们迎来了第三期“科学精神进课堂”系列主题班会——“SCIENCE漫谈——从遗传学到分子生物学”。第四期“认识转基因”推广到了整个学院。恰逢学院55周年的纪念日之际，在学院领导、团委等相关部门的支持下，这次讲座也被认定为院庆活动之一。本次班会经学院主页报道后，又被交大新闻网、中华网等国内多家网站转载（总浏览量达到4 000多次），纷纷给予了正面积极的评价，赞扬我们学习科学、追求科学的精神和行为。由于同学反响强烈、效果显著，特别是对同学“探索、质疑、实证、理性”的科学精神的塑造起到了非常重要的作用，该活动得到了学院领导多次表扬，也坚定了我们将“科学精神进课堂”系列主题班会长期办下去的信念。

七、2014年11月6日，参观学习光明乳业金山种奶牛场。这次活动大家最准时、去的人最齐全，也给了我很大的信心。你们积极的参与是对我的莫大的鼓励，日后我会联系更多的企业进行参观学习！

八、在学生会、团总支、社团等领域服务集体、大展才华：他们是体育部部长、F-square舞蹈社副社长静静；生活部部长健健、副部长然然；学习部部长蒙蒙、副部长小豪；实践部副部长兰兰；女生部副部长阿竹、帆帆；青志队副队长硕硕。他们才华横溢、乐于奉献、服务集体，先天下之忧而忧，后天下之乐而乐，我希望咱们班的所有同学永远都是这样，长风破浪会有时，直挂云帆济沧海！

九、学风优良，荣誉多多：大一学年，班级里有小野同学荣获国家奖学金，小力等三名同学获得上海交通大学B类奖学金，静静等多名同学获得上海交通大学C类奖学金。兰兰和硕硕获得校级三好生！硕硕还获得了校优秀团员；阿竹获学院学生会优秀干事。我们都应该学习他们的这种智耕农源、争创一流的精神！我提议，大家一起向这些同学祝贺！

十、爱情进行时：第一对，大一刚来，别的小伙伴还情窦未开，她已经找到了心目中的男神，话说此男神才华横溢、玉树临风、仙风道骨，那真是：高高的个子一米八，脸上的笑容像晚霞。浓浓的眉毛大大的眼，红红的嘴唇白白的牙！如今两人正在为实现人生的梦想，花前月下，比翼齐飞！你们说是谁啊？第二对，君是电院神，我是农院人，日日思君不见君，共饮思源水。人都说老乡见老乡，两眼泪汪汪。现在得改了，叫老乡见老乡，情义绵又长。咱们班就有这样一对，两人卿卿我我，我我卿卿。明明没选我的课，还要坐在女朋友的身边陪读。有一次，还把钱包落在教室里，好在是我捡到了。你们知道我是怎么知道是她的男朋友吗？因为钱包里有一张她的照片。这是谁呢？第三对：妹绕青梅走，郎骑竹马来！爱情就像陈年的老酒，越久越醇、历久弥香！从初中到高中，从高中到大学，一路行走，一路相伴，虽然空间的距离远了，但内心距离更近了，正所谓远与不远，爱就在那里！你们说这是谁呢？让我们共同祝愿天下有情人终成眷属！

十大新闻盘点完了，此正是：

共庆新年笑语哗，

青春动科好年华。

举杯互敬屠苏酒，
列席分尝胜利茶。
惟有勤勉能慰己，
更携捷报可还家。
而今喜迎佳节日，
思源湖畔幻彩霞。

让我们共同举杯，干杯！

2015 年 11 月 1 日，上海祥欣畜禽有限公司，带领同学参观实践

慎独、坚毅、乐观

——2014—2015 学年第二学期期末致家长和同学的公开信

我之所以清楚地记着这次特殊的经历，是因为这次经历，让我更深刻地理解了何为人间大爱！更深刻地理解了慎独、坚毅、乐观。这些经历恐怕现在的学生再也不会经历了，在这个瞬息万变的时代，也许更需要孩子们能够静下心来，踏踏实实的做些事情。

我通过读书，与古今中外的人对话，与好朋友书信往来，用最乐观的心态对待最糟糕的事情。如果说，我也有人生导师的话，这个导师就是书。我现在所有的一切很大程度上要拜读书所赐，教我成长、催我自新、令我自省。

我希望我的学生最终都能超越世俗的成功、超越名利、超越梦想、最终获得终极的快乐和自由。做自己喜欢做的事，热爱自己的祖国，热爱自己做的事，热爱生活，热爱生命。一个比较通俗的理解，就是诗意地生活！

2014 年 11 月 2 日，上海光明荷斯坦金山种奶牛场，带领同学参观实践

尊敬的家长并各位同学：

您好！“灼灼荷花瑞，亭亭出水中。一茎孤引绿，双影共分红”。交大涵泽湖的荷花盛开了，上海正在度过一年中最难熬的季节，闷热而潮湿的天气，很多人都不喜欢。所以，暑假能够回老家避暑的同学真是令人羡慕，可以享受“荷风送香气，竹露滴清响”的生活了。这个假期我也不能休息，平时熙熙攘攘的校园，如今安静了许多，正好利用这段时间，静静地做些事情。

按着惯例，首先向各位家长汇报一下期末成绩。总的来讲，比以往的三个学期的成绩都要好。主要是同学们已经完全适应了交大的学习生活，学习自然不成问题了。所以家长可以安心了，也可以静下心来认真考虑将来的方向了。当然也有个别同学仍然面临退学警告的压力，需要这几名同学再加把劲儿，争取能平稳度过，我和他们一起加油！

再入学就是三年级了，将来的选择已经迫在眉睫。为了方便各位家长早作准备，我特意了解了今年15届毕业生的就业情况，共19名同学，其中9名同学深造（5名出国，4名国内），10名同学直接就业。应该说我们深造的比例是很高的（近50%），与学校的平均水平持平，甚至略高。5名出国深造的具体情况是：新加坡国立大学、新加坡管理大学、丹麦哥本哈根大学、英国伦敦大学学院、美国乔治城大学。4名国内读研的具体学校：上海交通大学3人、华东师范大学1人。直接就业的同学，大都在上海工作，有的在农委、有的在生物公司。这期毕业生的就业情况还是不错的，基本都是一次就业。其中有一位同学还是我推荐的公司。无论是就业率还是就业满意度，在学院都是很好的。所以，希望各位家长早日和孩子们沟通交流，确定目标，届时都能实现梦想。

这样一个悠长的假期，很多事情值得我们去做，咱们班同学的假期可谓丰富多彩：有的同学到韩国游学；有的同学考驾照，学习生活技能；有的同学参加学校组织的社会实践，尽己所能，扶贫济困；有的同学回到当地给中学生辅导功课；有的当英语老师、有的当舞蹈老师……；有的同学不时去外地旅游，乐山乐水；还有七、八位同学选修了夏季学期的课，炎炎夏日，也是蛮拼的；特别值得一提的是，有的同学利用假期到与专业相关的公司实习锻炼，既弥补了理论知识的不足，也锻炼了动手能力，还能赚取一点儿生活费，可谓一举多得，值得提倡和鼓励（这个实习岗位也是我推荐的）。

假期确实是个难得的休整时期，不光是休息身体，更重要的是强悍精神、塑造人格。看到同学们如此丰富多彩而有意义的假期生活，我不由地也想起了我当年上学时曾经做过的若干“工作”：工地小工；街头摆地摊；擦车；多次到偏远贫穷地区参加暑期社会实践，并荣获自治区先进志愿者和团队的荣誉称号；寒暑假不回家给老师做实验……时光飞逝，20 多年过去了，抚今追昔，往事历历，百感交集。今夜，灯下独处一隅，给各位家长写信，一下子打开了我记忆的心扉，那不妨采撷几朵已逝岁月中曾经绽放的花朵，虽不雍容华贵，但毕竟也是一个普通耕耘者用汗水换来的一点聊以慰藉的收获……

那是1998年春节，由于李培锋老师（讲授动物药理学，我的本科毕业论文指导者）课题赶进度的需要，我寒假没回家，帮李老师做课题。实验室的工作是很累人的，早上六点起床，边做饭边做实验，一天的工作就这样开始了，中午不休息，干了一整天，晚上还要忙到十一点，就住在实验室。因为吃住都在实验室，有时好几天都不出屋，也就见不到太阳了。我曾开玩笑地对李老师说，我现在过着“暗无天日”的生活（要知道我已经一年多没回家了，这次春节又不能回家）。如果总这样忙也就好了，顾不上想家。最要命的是春节那几天，李老师给大伙放了六天假，他们都是老师，回家过年去了。只剩下我自己了，一下子闲起来，平日想家的情绪都涌了上来，令我招架不住。我就想着法的“不想家”，买了红纸，写了春联，营造出一些欢乐的气氛。我至今记得那两副对联。一副是：

与清风同饮美酒，

对明月共论风流。

横批：乐在其中

这一副贴在微生物楼，够浪漫吧。另一副是：

一人吃饱全家不饿，

五尺男儿笑对人生。

横批：我爱我家

这一副贴在实验室门口，形象而贴切，且颇有自嘲风格——我身高 1.60 米，也就五尺吧。这样一来，似乎少了一些想家的念头，也能自得其乐了。但好景不长，愈临近年三十，看见这红红的对联，不由地想：家里也贴了春联吗？反而更激起了我想家之情。

大年三十，这个万家团圆的日子终于到来了。晚上在李老师家吃了饺子，看了春节晚会，十二点起身回实验室，继续看电视。想起父母，想起姐姐、弟弟、妹妹，他们或许正围坐在炕上，可我却孤身一人，独在异乡，想家的情绪浓浓地裹住了我，我还是摘录一篇当时写的日记吧。

大年三十　　元月廿七日

不，准确地说，已经是正月初一凌晨三点了。

我没有睡意，电视机开着，可我不知在演些什么。

不知不觉中，我走到外面，万家灯火，人们都沉浸在节日的欢乐之中。举目苍穹，星星伴我同行。远处还能听到零星的爆竹声，新的一年到来了。地上仍有厚厚的积雪，我走进了楼前的松林，不自觉地面向东北方向——我家乡的方向，慢慢地跪下了：爸、妈，儿子不能回家与你们团聚，原谅儿子的不孝吧！儿子在远方给你们磕头了……我的双眼模糊了，分不清是泪水还是雪水……

正月初二，真的好激动，收到了妹妹的来信（那时尚无电话和手机）："哥，爸妈都很好，叫你不要惦记。知道你忙，要你多注意身体。只是你没回家过年，爸总要听呼和浩特的天气预报，整天听你95年在内蒙古电台录制的那期'塞外田野'的磁带，我说：爸，你老惦记着哥吗？爸说：不惦记，你哥这孩子，让人放心。"我只感到眼前的一切变得越来越模糊，多少天想家的情绪竟一发而不可收……：

爆竹声声瑞雪春，
独居异地思亲人。
空迎岁末到凌晨。

塞外家书传万意，
青城学子泪千痕。
无言大爱是情亲。

第二年暑假因去了哈尔滨做实验又没回家，直至春节。此时我已两年没见到父母了，母亲明显苍老了许多。这次妹妹跟我说：那年春节你没回家，急得妈妈想儿子想得耳朵听不清了，眼睛也看不清了，幸亏治得及时，吃了一个月的药后痊愈了。

我无言，是我的过错，是我的自私，是我的不孝啊！

我之所以清楚地记着这次特殊的经历，是因为这次经历，让我更深刻地理解了何为人间大爱！更深刻地理解了慎独、坚毅、乐观。这些经历恐怕现在的学生再也不会经历了，在这个瞬息万变的时代，也许更需要孩子们能够静下心来，踏踏实实的做些事情。

为什么我要与各位家长分享我的这段经历呢？在同学们度过了两年的大学生活以后，表面上看，已经基本适应了大学生活，但实际上还是有很多暗流涌动，需要我们认真去解决。比如，在今年六月份的时候，我收到一名同学的来信，他在来信中说："到现在为止，进入大学已经两年了。自问自己在学习上是非常努力的，每天晚上如果没有特别的事，我一般都会待在图书馆，或是看书或是写作业。我本人比较喜欢独处，虽然有时候会感觉有些孤独，但我很享受'安静'的世界。正因为这样，我很不情愿参加什么活动（自己不是很感兴趣的活动），也不想和不熟悉的人待在一起。热闹的人和事往往会让我的内心不知所措。有时候我一个人在路上走，看到路旁的小草、天上的白云，自己会忍不住微笑。这种‘独’让我痴迷而满足。有时候，我真的想过隐居，甚至遁入空门：和自己的爱人在一个环境优美的乡下平静地生活；毕竟世界有很多无奈，我只想随性地生活。当然，我也会反思自己的想法。人毕竟是社会性动物，是无法脱离这个社会的；自己的想法未免有些消极。可是，我又觉得我不是消极只是喜欢安静而已；虽然我还是有着对‘繁华’向往。很长时间以来，我处在矛盾中，对自己的未来感到迷茫。”

这样的来信，让我陷入了沉思。我在与很多同学交流的过程中也发现，这名同学遇到的问题，应该说相当普遍，甚至在社会上也是相当普遍。同学本身的学习成绩也非常好，综合素质也很优秀，但就是不能快乐而自由地生活。这种问题并没有什么大是大非，但如果处理不好，会影响一辈子。问题出在哪里呢?

这名同学的来信，让我想起了我研究生毕业后刚刚参加工作那段时间。大家知道，我是北方人，初来南方，气候不适应，再加之在这个陌生的城市，举目无亲，也没有朋友。雪上加霜的是，因为一点小事，领导误解我，那个寒冷和漫长的冬天，真的是很难熬。我也一度有过和他类似的想法——遁入空门。但是想想父母、亲人、责任，还是罢了。那段时间也许是我人生最灰暗的时期（大约有半年的时间）。后来，还是逐渐走出了泥潭，是因为有一个契机，就是考博士。定下了目标，并为之努力，生活变得充实，并在第二年的春天梦想成真。

也许你们会说我幸运，但机会从来都是留给有准备的人。如果不是立志考博，自然就不会读博士，自然就不会有现在的一切。这些事情看似不相干，但却有其内在的必然联系。

为什么我要花这么多篇幅介绍我自己的经历呢？那是想告诉学生目前所经历的“出”和“入”的烦恼，恰好我也曾经历过，而且也成功地走出来了。其实这名同学的性格真的很像我——也许正因为这一点，他才跟我诉说他的烦恼吧。他喜欢独处，我也是。我记得，我在课上说过，我上大学的时候几乎很少和别人说话，性格很内向，朋友也很少。可以说，我也是活在自己的世界里。但是，独处会带来一个副作用，那就是有些时候会略显得不那么合群，或者与周围的大多数人的生活有些不一样。这个时候，如果内心不是足够坚强，就会感到些许的失落和孤独。这些我都真真切切体会过。咱们班很多同学有可能见过我写的这首诗：

月朗星稀不见云，
小屋独坐诵书人。
一朝三享粗茶饭，
学子凭窗聚气神。
心恋歌声飘故土，

路随玉兔转乾坤。
天公若可通吾意，
来岁春风报好音。

这是写于1996年考研复习最苦、最累的时候，为了方便复习，借用班主任李富强老师的办公室，每天自己做小米饭、买些咸菜吃。把枯燥的学习生活，变得富有生气，这是我们应该具备的素质。

独处还让我们学会思考。我的大学同学，目前来说，大部分都比我的收入高。可是，我只会祝福他们，绝不羡慕他们。我非常怀念自己走过的大学岁月。我的生活虽然没有他们丰富多彩，朋友也不多。但我把大把的时间用在自己认为正确的事情上，学会了读书、学会了思考，这就是我最大的收获。我为什么能够站在交大的讲台上与大家分享自己的人生经验？正是这种长达20年坚持的结果。所以，我们不能小看坚持的力量。只要我们认为正确的事情，一定要坚持下去。

这名同学喜欢读书，我也是。但我读的书，可能没有他多，也没有他快。我与他的不同在于，我除了那段灰暗的时期之外，我是非常乐观的。我通过读书，与古今中外的人对话，与好朋友书信往来，用最乐观的心态对待最糟糕的事情。如果说，我也有人生导师的话，这个导师就是书。我现在所有的一切很大程度上要拜读书所赐，教我成长、催我自新、令我自省。我从一个性格内向的人，变成现在的特别喜欢和学生打交道，能够面对几百个学生侃侃而谈，不读书如何能做到？即便他说，书虽然读了，但不如人家会写，理解得不够深刻。这是横向的比较，比较的本身就是自我意识的觉醒，这恰恰是多读书才能做到的。一个人不怕有缺点，怕的是认识不到这些缺陷。也许是你对自己要求比较高，这是好事，但不要苛责。只要认识到自己的不足，去有意识地弥补，假以时日，迟早有一天我们会达到目标。所谓：海到无边天作岸，山登绝顶我为峰。

如果不能把所谓的优秀转化成快乐的生活，那我们尚不能驾驭自己，也是教育的失败。我曾经给很多学生写过赠言，但其实我最想写的是："我不会祝你成功和快乐！"为什么，就是因为现在所谓的一些成功，是以金钱和利益为目的，以牺牲人性、道德、甚至法律为代价的；现在所谓的一些快乐，是以别人的痛苦为代价的。我希望我的学生最终都能超越世俗的成功、超越名利、超越梦想、最终获得终极的快乐和自由。做自己喜欢做的事，热爱自己的祖国，热爱自己做的事，热爱生活，热爱生命。一个比较通俗的理解，就是诗意地生活！诗意，并不是让每个人都去写诗，而在意境，作画、做饭、读书、跳舞、唱歌、工作、家务、教书、经商、居庙堂之高、处江湖之远、苦中作乐、豁达乐观，总之担水砍柴，无非妙道，把复杂的生活简单化，最简单的生活，也是最快乐的生活，最自由的生活，最诗意的生活！

不知不觉又写了很多，请多指教，余言再叙，此致暑安！

杨志彪

二〇一五年七月廿二日于思源湖畔

2013 年 9 月 7 日，霍英东体育中心，开学典礼

珍惜当下，憧憬未来

——2015—2016 学年第一学期期末致家长和同学的公开信

日升日落、缘起缘灭，在这个浩渺的宇宙中，我们不经意间相识、相知，日后还会有相别，不是每件事情都如人所愿，却又不得不面对，这是生活的洪流，恁谁也无法阻挡。但过去的已经不能改变，我们能做的只有珍惜当下，憧憬未来。

我一直希望，我们班所有的同学，不仅仅是学习成绩优秀。你们更应该具备完整的人格，能够珍惜当下的一切，这正是你们能够长风破浪的不竭力量之源！

衷心地希望各位家长和孩子们，在忙碌的生活中，能够体会思想的深度，生活的高度，情感的温度。其实，比速度可贵的还有平静，比物质高贵的还有灵魂，比逝去更值得尊敬的还有珍惜！

2015 年 11 月 1 日，上海祥欣畜禽有限公司
猪文化博物馆，带领同学参观实践

尊敬的家长并各位同学：

您好！“岁暮阴阳催短景，天涯霜雪霁寒宵”。又到了年终岁末，一直惦记着给大家写封信，忙忙碌碌，今天终于能静下来了……

首先汇报一下本学期我们班级的一些基本情况（详见附后的动科班新年致辞）。总的来说，学生的成绩普遍较好，特别是班级的精神面貌和学风受到学院领导、老师的广泛认同和表扬。在不同的场合我都听见很多老师说，“这个班的学习风气很好”，“多年不见这么好的学习风气了”……听到这些，我心里是满满的欣慰。我的付出没有白费，孩子们的努力和坚持没有白费。能得到这么高的评价，如果要感谢谁，每个孩子都应该感谢一下自己。是的，这样一个团结向上，充满正念的班集体，离不开每位同学的付出、包容、理解、坚持和努力！当然，仍然会有个别同学的学习成绩不是很理想，甚至会有退学之虞。对于这几个同学，希望家长能够密切配合学校，多关注孩子的思想和生活，共同做好孩子的鼓励工作，希望他们更多地努力，更多地付出。

今年的冬天，正值几十年不遇的寒潮席卷大江南北，显得分外寒冷。时间真的很快，孩子们已经在交大度过了两年半时光，迎来了第三个寒假。再有一个寒假，很多同学将不再有寒假了，很多同学的学生生活就会结束了。一想起这些，内心会有一种莫名的惆怅和感伤。人往往都是这样，失去了或者快要失去了，就越发想念过去的美好。日升日落、缘起缘灭，在这个浩渺的宇宙中，我们不经意间相识、相知，日后还会有相别，不是每件事情都如人所愿，却又不得不面对，这是生活的洪流，恁谁也无法阻挡。但过去的已经不能改变，我们能做的只有珍惜当下，憧憬未来。

是的，珍惜——这也是我这封信的主题。值得我们珍惜的东西很多，譬如身体和健康、兴趣和爱好、时间、友情、爱情、亲情……这个名单还可以继续列下去。然而，又有多人能真正懂得“珍惜”呢？

我们班的每个同学大抵都有一个健康的身体。可是，很多人却并不很清楚如何去巩固自己良好的身体状态，仗着年轻，熬夜、久坐、电脑、网游等均成为家常便饭。这些可以说都与健康背道而驰。在交大，可以说拥有一流的体育设施和完善的社团组织。只要你是一个有心人，一定能够找到适合自己的“朋友圈”。让你的生活不仅丰富多彩、也会充满生机活力。良好的身体当然是精力充沛的保证，也是支撑学业和事业的基础。这一点虽是老生常谈，但很多人不一定能很好地践行。交通大学的学生工作在全国的高校中，是做得比较好的。学校层面深知体育锻炼和学生社团的重要作用，我们有一流的运动场地和社团组织。然而，很多同学却并不以为然，不能充分利用这些优质的资源。其实，关于学生社团和体育锻炼的重要作用，在高等教育中努力倡导和实行，并首先融入教育思想的，当属南开大学的创始人——张伯苓。大家都知道，张伯苓（1876—1951）是中国著名教育家、西方戏剧以及奥运会在东方的最早倡导者，被誉为“中国奥运第一人”。他把教育救国作为毕生信念，创办南开中学、南开大学、南开女中、南开小学和重庆南开中学（这些学校在当时都是私立，时世维艰，公立的多少学校都是风雨飘摇，创办这些私立学校需要多大的勇气、智慧和坚持啊），接办四川自贡蜀光中学，形成了著名的南开教育体系，为国家培养了大批英才，被尊为“中国现代教育的一位创造者”。“强国先强种，强种先强身”的著名论断就是他率先提出来的。这样一位中国现代教育的开创者，其教育思想中，体育和课外活动占有非常重要的地位。在他的大力倡导下，当时的南开校园中，有很多学生社团，一如现在的交大校园。属于研究学问的有文学会、教育研究会、政治学会、哲学会、科学会、经济学会、商学会、星会、寻光会、英文学会、国语演说会等；属于服务类的有毕业同学会、校役夜校、平民学校、各省同乡会等；属于文化娱乐型的有音乐会、唱歌会、新剧团、旧剧研究会和各种临时性游艺会。此外还有各种类型的运动会、考察团和旅行团等临时性组织。

成立这么多学生社团有什么作用呢？第一，它可以培养学生的兴趣。兴趣是最好的老师，学校里有那么多社团，可以让学生在团体活动中找到各自的兴趣所在。曹禺小时候本来想学医，后来考入南开大学后读的是政治学。但由于他在南开中学时就受到话剧的熏陶，最终还是在话剧创作上取得了巨大成就。第二，它可以抵制功利主义的影响，改变读死书、死读书的学风。1921 年，科学会成立时，大学部主任凌冰到会祝贺。他说："本大学自开学以来，学生均忙于功课，是以课外组织颇少，今日诸君自动地组织之科学研究会，实胜庆幸。研究学问要自动地研究。研究科学，要为科学而研究科学。不可杂以实用的思想，研究科学要问'怎样'—How，不可问'为什么'—Why。因为研究科学若问'为什么'，一定引到不可思议的地步，而为科学进步的阻碍。"凌先生的意思，是说研究科学是没有理由的。如果事先设定一个堂而皇之的目的，比如说为了国家富强，人民幸福之类，就会把科学引上歧途。这与现在很多人眼里的科学研究的意义和目的又是多么的不同。很不幸，我孤陋寡闻，在交大众多的社团里面，唯独没有类似的科学研究会。科学精神的欠缺、科学素养的普遍不高已成为我们国家持续发展的巨大障碍。这也是我举办"科学精神进课堂"系列主题班会的初衷。第三，它有利于学生之间的相互交流，取长补短，增进友谊，从而培养一种合作向上、不断进取的团体精神。在丰富多彩的校园生活中，张伯苓的表现给同学们留下深刻印象。早在辛亥革命之前，张伯苓就把话剧当作练习演说、改良社会的一种好形式。为此，他自编自导自演了南开公演的第一个话剧《用非所学》。该剧写了一个从欧美留学归来的贾有志，他本来抱着“工程救国”的理想，却在名利诱惑下混迹于官场，成为学非所用、用非所学的典型。多少年后，人们还是对它的现实意义给予高度评价，并说张伯苓可谓“我国话剧第一人”。从此以后，每逢校庆南开都要上演话剧。

张伯苓对体育极为重视。他曾经促成第一届远东运动会的召开，并担任在上海举办的第二届远东运动会总裁判。他还担任过华北体育运动会会长，中华全国体育协进会名誉会长，国民政府教育部体育委员会委员以及许多大型运动会总裁判。至于学校运动会的总裁判，更是非他莫属。了解这些情况的人都说，张伯苓先生对中国现代体育运动具有不可磨灭的影响，他的领导才能与精神感召力给人留下很深的印象。南开的体育，在抗日战争前是很有名的。从校史资料看，在球类方面，它有“执全国牛耳”并号称“五虎”的篮球队，有“雄视华北”而且是“球输精神不输”的足球队，还有至今在许多公立大学都很少拥有的垒球队、棒球队、网球队。在田径方面，南开曾多次参加远东运动会、华北运动会等国际国内比赛，并获得许多锦标。这一切与张伯苓对普及体育活动、弘扬体育精神的深刻理解有关。他说：“我提倡运动目的，不仅在学校，而在社会；不仅在少数选手，而在全体学生。学生在校，固应有良好运动习惯；学生出校，亦应能促进社会运动风气。少数学生之运动技术，固应提高，全体学生之身体锻炼，尤应注意。最要者学校体育不仅在技术之专长，尤重在体德之兼进，体与育并重，庶不致发生流弊”。

为了让同学们在运动中获得身体和心灵的愉悦，张伯苓提倡“仁侠”的运动精神。“仁侠”精神的含义很丰富，简单说就是在运动中要有诚实公平的态度、光明磊落的行为、胜不骄败不馁的作风。他认为，在比赛中获胜固然重要，但千万不要使用不道德的手段。因此他反复告诫学生：“正当的失败比不正当的胜利更有价值。”这正是体育精神的真谛所在。

对比张伯苓的教育思想，结合交通大学的实践，孩子们是不是可以找到日后自己努力的方向了呢？其实，我们珍惜的是自己的身体、健康、兴趣、爱好，获得的则是完整的人格、有意义的人生。

我们既然拥有健康的身体，可以寄托精神的业余活动，接下来就可以合理安排时间，追寻自己的梦想。而时间，似乎很多，又似乎很少，全在乎个人的感觉。刚入学的时候以为时间很漫长，然而现在已过了大半。人生路漫漫，我已至不惑。有多少事是你想做而没有做的？有多少事是你做了一点，没有坚持下来的？又有多少事经过你长期的坚持而收获幸福的？所以，珍惜时间，似乎也是永恒的话题。珍惜也罢，不珍惜也罢，时间都很公平，滴答前行。我很喜欢汪国真的那首关于时间的诗，珍惜你的拥有，珍惜你的青春，乘着船儿和时间一同出发吧——

人似乎不能太忙碌，太忙碌了，便会觉得时光短暂得可怕。

人似乎也不能太悠闲，太悠闲了，便会觉得光阴漫长得无聊。

对于生命来说，时间是最无情的；对于历史来说，时间是最有情的。

对于个人的悲哀来说，时间恰似高明的医生；对于民族的创伤而言，时间倒像个庸医。

青春，是生命中最美好的时光；

爱情，是青春中最美好的时光；

初恋，是爱情中最美好的时光；

不论做什么事情，在时间的选择上都有一个最佳点。

把本应昨天做的事情放到今天来做，叫做失时；把应该明天做的事情放到今天来做，叫做失察。

失时的结果往往是坐失良机，失察的结果常常——欲速则不达。

有句名言：时间就是金钱。

然而，长寿者未必富有，短命者未必贫穷。这是有关时间的叫——悖论。

即使你一无所有，只要拥有时间就够了，时间能够创造一切。

因此，只要拥有时间，无论身陷怎样的逆境，你都没有理由太过悲观。

如果说，人间总是不那么公正，那么，时间总是相当公正的。

我们能够挽留朋友，却不能够挽留时间。既然时间如滚滚东流的江水不可挽留，那么最好的选择，就是乘上船儿和时间一起走。

友情、爱情、亲情，构成了我们的基本情感，在人的生命长河中，三者缺一不可，都应该倍加珍惜，我们该如何珍惜之呢？关于朋友，孔子有一句话：有朋自远方来，不亦乐乎？朋友为什么会从远方来呢？是因为想和你交流，交流思想、感情、生活等等。这种体验一定是一种非常愉悦的感觉。每个人都会期待这种美好的人生经验。可是，这种情况又不会天天发生，如果经常发生，就不显得可贵了。再进一步想，朋友为什么会想和你交流这些呢？大概是因为你有健康的思想、有自由的精神，你们之间很谈得来，所谓“倚天照海花无数，流水高山心自知”。这正是驱使朋友能和你交往的原动力，也是友情的真谛。问题就来了，我们自身是否已经具备了这种原动力？能够让朋友不远千里、万里来和你相会。如果具备了，善莫大焉，你的人生一定是有意义的、充实的。若无，该如何去创造这种原动力呢？孔子还有一句话：吾十五而有志于学，三十而立……十五和三十都是虚数，我们可以认为一个是青年阶段、一个是成年阶段。他的意思很明确，就是要在青年时明白我们要从何处培养自己，使自己成为一个完整的人，而不是一种特殊的人。不仅学习一定的技能（专业知识），还要不断提高心灵的修养。这种内心的修炼也不是一蹴而就，经过多年的努力，待到成年时，具备了自己的精神品格、内心的原则，此时自然会“有朋自远方来”。说到这里，同学们或许会明白了吧，真正的知己的确很少，一般的朋友则可以很多。所以，一旦拥有友情，要格外地珍惜；一旦拥有一个知己，那是上天赐给你的最好的礼物。随着年龄的增大，应该明白，真正的知己或许只有一个，或许一个也没有，因为只有你自己了解自己。无论怎样，有还是没有，都不应该影响你的生活。因为，有特点、有原则是一方面，内心的坚持和外部的显露可以理性地分开，这样与别人的相处同样融洽。但自己一定要清楚内心的原则！所谓“内方而外圆”是也。

爱情是人世间最美丽的花朵。每个人都会心向往之，年轻时期待自己的爱情浪漫和甜蜜。然而，我现在更希望是——温暖。我们班级里也有很多同学正处在一个被爱情燃烧的阶段。难能可贵的是，大部分同学并没有因此而影响学业，恋人之间共同进步、比翼齐飞，令人倍感欣慰。其实，爱情的美好和神圣更多地体现在灵魂的神圣，你又会通过对方精神的高度和身体的温暖感受爱情的美好和神圣。尤其是当你老了时候——有的同学笑了，我们还年轻啊。是啊，你们还年轻，可是你们也会老。就像你的父辈，他们都曾经拥有青春。然而岁月就在不经意间溜走，我们不是还在经常慨叹刚入学时的青葱时光吗？珍惜当下的情缘，用心灵感知对方的灵魂和温暖，理解、包容、交流、进步，岁月不会亏待你，爱情也不会亏待你。你的爱情也会像叶芝的诗，平静而伟大，神圣而温暖——

当你老了，
头白了，
睡思昏沉，
炉火旁打盹，
请取下这部诗歌，
慢慢读，
回想你过去眼神的柔和，
回想它们昔日浓重的阴影；
多少人爱你青春欢畅的时辰，
爱慕你的美丽，
假意或者真心，
只有一个人爱你那朝圣者的灵魂，
爱你衰老了的脸上痛苦的皱纹；
垂下头来，

在红光闪耀的炉子旁，
凄然地轻轻诉说那爱情的消逝，
在头顶的山上它缓缓踱着步子，
在一群星星中间隐藏着脸庞。

如果说没有友情和爱情，人尚能存活于世，没有亲情我们既无法存在，亦不能延续生命。所以，亲情成为寄托我们生命的情感。人到中年，养儿方知父母恩，会更多地念及父母。想念那个出生的村庄，怀念儿时的岁月，惦念父母的身体。父母都老了，可儿却在天涯。古语说，父母在不远游，游必有方。为了求学，像很多同学一样，我从上高中的那一年起，就半年回一次家，有时是一年回一次，工作了以后甚至是两三年回一次。虽然说现在交通便利，然而，生活的琐事会远远超出人的想象。各种因素的叠加，每见一次双亲都会很不容易。如何珍惜父母，及时行孝，便成为永恒的话题。同学们寒假回到家都是怎么做的呢？有多少时间会同学朋友，有多少时间陪父母？有多少时间花在帮父母做事上面？也许你们的父母都还年轻，不需要你们的帮忙。如果你算一算，从现在开始，到父母 80 岁，我们能待在父母身边的日子，其实是少得可怜的。我们是不是要更多地主动，更多地关心他们？珍惜你们现有的亲情吧，没有遗憾或许不现实，让遗憾尽量少些，让孝心体现出来，别让思念成为永恒——

从春秋，到冬夏，
为爱走天涯。
何处是我温暖的家？

从南北，到西东，
为爱走天涯。
哪里是我最深的牵挂？

是小路，是野花，
故乡是我温暖的家。

是麦田，是谷地，
是门前的白杨和屋后的青纱。

滚铁圈，掏野鸟，
还有夏天捉不住的蚂蚱。

是弟弟，是妹妹，
是操心的姐姐让我牵挂。
更有严厉的父亲和慈祥的妈妈，
整日盼儿回家。

可儿在天涯，
对清风，临明月，
思念的雨只在心里洒。

从春秋，到冬夏。
常梦见爸爸的白发，
和妈妈的泪花。

写下这段话的时候，已然是腊月十五，中国人都在盼望的团聚时刻正在一天天临近。可是我仍然不能回家和父母一起过年……我坐在电脑前，想着远方的你们，和你们一起分享自己对于生活的理解。我一直希望，我们班所有的同学，不仅仅是学习成绩优秀。你们更应该具备完整的人格，能够珍惜当下的一切，这正是你们能够长风破浪的不竭力量之源！

最后，衷心地希望各位家长和孩子们，在忙碌的生活中，能够体会思想的深度，生活的高度，情感的温度。其实，比速度可贵的还有平静，比物质高贵的还有灵魂，比逝去更值得尊敬的还有珍惜！

此致冬安

杨志彪

二〇一六年一月廿六日于上海交通大学

(注：信中涉及的张伯苓的教育思想的文字，均引自著名学者智效民所著《大学之魂：民国老校长》，北京：中国华侨出版社，2012 年 5 月第 1 版)

附：在 2016 年动科班新年致辞

各位同学：

大家好！“通宵灯火人如织，一派歌声喜欲狂。正是今年风景美，千红万紫报春光”。2015 年马上就要过去了，又到了辞旧迎新的时刻。今天，我们动科班在此欢聚一堂，共同回顾难忘的 2015，迎接崭新的 2016。我们班级在过去的一年里取得了许多令人鼓舞的成绩，在此，我们共同回顾一下：

一、继 2014 年我们获得上海交通大学“先进集体”之后，今年我们班级再创佳绩，获得了上海交通大学“五四红旗团支部”荣誉称号。这些成绩的取得，离不开在座每位同学的努力和付出，特别是我们有一个团结的、任劳任怨的团支部，感谢他们的认真、努力和执着。让我们一起为自己鼓掌加油！

二、硕硕、兰兰同学，即将于一月份分别赴台湾大学和香港大学交流学习一学期。她们俩还同时成了中共党员。短暂的离别是为了更久的团聚，我们在这里预祝她们好好学习这两个学校的先进理念，开拓视野、再攀高峰，期待她们鞭敲金镫响，高奏凯歌还！

三、咱们班24名同学，有19名同学有继续深造的打算，其中有5名同学欲出国深造。在过去的一年里，我们班有多名同学获得各类奖励，其中蒙蒙、静静被评为三好学生，帆帆同学获得上海市奖学金（8 000元），静静获得高等农业奖学金(2 000元)，兰兰、硕硕获得B类奖学金（1 000元），明明、然然、蒙蒙获得C类奖学金（500元），特别值得一提的是，阿晋和小豪获得学习进步奖（500元），而且这两位同学还要继续深造，期待他们和其他同学一样，不负年华，百尺竿头，更上一层。咱们如此优异的表现，赢得了所有任课老师的一致好评，我们应该为自己点个赞！

四、脑中有科学、心中有道义，“科学精神进课堂”系列主题班会本年度又开办一期：2015年3月22日，我们迎来了第五期“科学精神进课堂”系列主题班会——“旷野的呼唤——动物生态学与学科交叉”。这次主题班会由团支部以团日活动的形式举办。借着团日活动的召开，支部决定将团日活动和“科学精神进课堂”系列主题班会融合在一起，办一场既有名师讲座又有同学们交流互动的活动。这样创新丰富的形式一下子吸引了无论是班内还是班外的大批同学，3月22日这天，我们照原计划进行，顺利完成了团日活动所有流程。当天活动主要分为了三大部分，来自华东师范大学的王正寰教授为我们作报告：“旷野的呼唤——动物生态学与学科交叉，”同学们针对王老师的报告内容积极交流并提问，最后是给未来的自己写一封信（此处未来指大四毕业）。同学们的自我参与和组织，能够让这期班会顺利开展，充分发挥了同学的主观能动性，为日后系列主题班会的开展开启了一种新的模式。

五、有赖于全班同学的大力支持，我本人继去年获得校优秀班主任之后，今年又被评为校优秀班主任，同时还以第一名的身份获评“十佳班主任”；在今年的年度考核中也再度被评为优秀。这些荣誉的获得，与各位同学的理解和支持密不可分，感谢同学们！

六、借这个机会，我还要真心地感谢同学们对我的厚爱。

2014 年 11 月 2 日，上海光明荷斯坦金山种奶牛场，带领同学参观实践

在今年父亲节时收到了你们的礼物，在接过礼物的那一刻，我的眼睛是湿润的。此时此刻，我的眼睛也是湿润的。我是一个容易被感动的人，我不仅拥有一个具有血缘关系的孩子，我还拥有 24 个没有血缘关系的孩子，不是亲人，胜似亲人。感谢你们，爱你们。

七、2015 年就要过去了，这是一个令人难忘的一年，许多刻骨铭心的事情都发生在今年。希望同学们都能珍惜自己的拥有，张开双臂迎接每一个日出，欢呼每一次日落，因为有爱，远方和诗……

梦想，成就最美的人生

——2015—2016 学年第二学期期末致家长和同学的公开信

人之所以身处逆境而不屈，面对困难而坚强，不是因为期盼眼前的利益，而是因为人们心中拥有梦想。正如马丁·路德·金所说，“如果你的梦想仍然站立，那就没有谁能让你倒下”。

前进的路上从来就没有坦途，我只有祝福我亲爱的同学们，不论你从事什么，不论你追求什么，你要有足够的耐力，足够的坚持，才会最终实现梦想。

梦想不是一个终点，而是一个过程，她存在于每个人的生活里，并会融入你的生命。不论何时何地，都不要忘记自己的梦想，勇敢、执着、快乐地追求并享受！

2016 年 3 月 11 日，中国农业科学院上海兽医研究所，带领同学参观实践

各位家长及同学如晤：

细丝织锦入莲园，人声扰昼眠。羞羞怯怯展芳颜，悄悄静静看。

香淡淡，叶田田，琼珠落翠盘。滴滴点点扣心弦，婷婷袅袅烟。

这一阙《阮郎归》，是我为交大张玉梅老师的雨中睡莲图而题。张老师是交大“致远文艺协会”的会长，她在雨中赏荷，并将图发在朋友圈，精致美丽，境界极高，非热爱生活之人不能拍出。其实，上海正在经历高温酷暑，这样清凉的日子并不多见，能有如此心境，源于内心的宁静。

欣赏着美丽生动的莲花，忙碌的一个学期马上结束了，我也终于可以静下心来给家长和同学们写信了。大三夏季学期的结束，也意味着同学们在交大已经度过三年了，更意味着同学们马上要进入毕业班，要面对更新的挑战和生活了。从同学们的各自的假期生活即可窥见一斑：有的同学在实验室边实习边准备考研；有的同学积极准备夏令营（我们班参加夏令营的同学有 10 名，有在本学院的，有在其他学院的，还有在外校的），参加夏令营其实也是参加各个单位的研究生自主招生选拔；有的同学则寻找相应的企业公司进行实习，为将来的就业做着准备（大概有 5 名同学）；有的同学则是考 GRE、托福，关心国外的学校，为申请出国做着准备（大概有 3—4 名同学）。还有 5 名同学，没有参加夏令营，但是也在积极备考研究生。这就是我们班级全部 24 名同学的目前的大致动态，令人欣喜，令人鼓舞，令人期待。

无论是打算深造还是工作，每个人都在追求自己的梦想。还记得刚入学时的梦想吗？当时光走过三年的时候，最初的梦想是否依然？我曾经在不同的场合说过，我们动科系在大一分专业的时候，在学院并不受欢迎，很多同学都转去了别的专业。然而，等到毕业时，我们的专业又是就业率，考研率，出国深造的比率都能排在前列。这个现象给我造成了很大的困惑。究竟是什么原因造成了这样的选择误区。想来想去，我似乎已经找到了答案。那就是每个人关于梦想的认识不同。

有的人认为，目前的热门专业就是我的梦想，可以有较高的收入，有较好的工作；有的人认为，适合我性格特点的就是我的梦想，是的，一个人非常难得做一份自己喜欢的工作；有的人认为既然命运帮我选择了目前的专业，不如我热爱之、坚持之，最后也会成功，并收获快乐和幸福。国家有梦想，单位有梦想，家庭有梦想，所有的梦想都会具体到个人的梦想。有了梦想，生活才有目标，才有远方和诗……然而，究竟该如何去追求自己的梦想呢？是选择人云亦云的短期满足，还是坚持内心的召唤，不为流行的思潮所动。我想，如果能明白了这一点，就是明白了教育的本质，也能获得持久的、终生的快乐、幸福和成功。

任何梦想都不是随随便便能够成功的，必然伴随着坚持和努力。张杰校长在今年的毕业典礼上的致辞赢得了普遍赞誉，致辞中一群工人坚持梦想的故事让我久久不能忘怀。张校长给大家推荐了一部电影，名字叫《我的诗篇》，去年荣获上海国际电影节金爵奖最佳纪录片，片子的导演是交大媒设学院 2003 届毕业生吴飞跃。影片讲述了这样一群工人，他们是叉车工、充绒工、爆破工、洗衣工、制衣工，同时他们还是一群特殊的诗人。他们在地心幽暗处工作，终日难见阳光；他们与炸药打交道，时时面对生死考验；他们日夜奔走，只为一份养家糊口的生计。然而无论生活为他们套上多么沉重的枷锁，无论前途有多少荆棘，看似“无用”的诗歌，却始终是他们内心朴实的梦想。于是，在空旷寂寥的荒山、在潮湿闷热的厂房，诗歌与每一个怀揣梦想的心灵相遇，让他们在艰苦磨难中变得坚强。1984 年出生的制衣女工邬霞，到深圳打工已经整整 19 年。在这 19 年里，贫穷和艰辛一直跟随着她，却从来没有将她打倒。上班时，她在车间一干就是 10 个小时，裁剪、缝纫、熨烫、折叠……车间里总是弥漫着湿漉漉的蒸汽和劳作的汗味。少女时代洁白光润的双手早已在日复一日的辛勤劳作中变得粗糙难看。下了班，回到不足十平米的小屋，她还要照顾年幼的女儿，精打细算为重病的父亲治病。然而，即使是挣扎着生活，邬霞也从来没有忘记她的梦想，她读诗写诗，在 10 多年的时间里，创作了 300 多首诗歌，字字浸润着对美好生活的向往和热爱。终于有一天，她穿着地摊上买来的70元钱的吊带裙，从容优雅地走上了上海电影节的红地毯，向整个世界诉说着她诗歌中蕴藏的美好理想。她在电影中的一句话让我深感震撼：“就算是有块石头压着我，我也一定要倔强地推开那块石头，昂起脑袋，向着阳光生长。”人之所以身处逆境而不屈，面对困难而坚强，不是因为期盼眼前的利益，而是因为人们心中拥有梦想。正如马丁·路德·金所说，“如果你的梦想仍然站立，那就没有谁能让你倒下”。

在我们班级里，有一些类似的情形。比如有的同学虽然成绩很优秀，但并不想在本专业继续深造，他们骨子里热爱的是经济、法律或者计算机等。因此，他们在学好本专业的同时，需要花很多的精力投入到第二专业的学习中，可想而知他们要付出比别人双倍的努力才能最终实现自己的梦想。有的同学，压根儿就不喜欢自己的专业，毕业后准备攻读文学类的研究生，并在积极做着准备。有的同学本来准备考研，权衡再三之后，决定还是先工作。生活不是儿戏，既然选择了，就勇敢地面对。前进的路上从来就没有坦途，我只有祝福我亲爱的同学们，不论你从事什么，不论你追求什么，你要有足够的耐力，足够的坚持，才会最终实现梦想。

在交大的教职工里，我也认识一些怀揣梦想的老师。2016年6月23日，上海交通大学教职工“致远文艺协会”

在闵行校区成立了。我有幸成为其中一员，并见证了协会的成立。协会的所有成员都是交大各个专业、各个部门的老师，他们都有自己繁重的教学、科研或者管理任务，有的身患重病，有的家庭坎坷，但大家无一例外都有一个积极乐观的心态。在这样一个盛夏季节，他们走出各自的办公室、实验室，共同见证这样一个历史性的时刻。场面热烈、温馨，大家都自发地、不计辛苦和酬劳地投入到这样一个看似与自己的专业以及工资收入毫无关系的“事业”中。我看着这样的场面，也在长久地思索，究竟是什么力量能有如此的魔力，能把这么多人聚集在一起，想来想去，还是梦想。

无论你来自何处，无论你去向何方；无论你在经历痛苦，还是在享受温情；无论你是意气风发，还是坎坷多艰；无论你正在经历一个艰苦的创业，还是辛勤耕耘在三尺讲台；无论你正在经历一次耐人寻味的重逢，还是在感受一场刻骨铭心的爱恋；无论你有一个可以依恋终生的伴侣，还是一个活泼可爱的孩子……当时间的长河把我们打磨成中年的时候，那些高兴的、悲伤的、失败的、成功的，都已成为过去，“细推物理须行乐，不为浮名枉此生”。我们现在需要的是什么呢？是名利吗？是物质吗？是精神吗？饮其流者怀其源，宁其静者致其远——“致远文艺协会”的成立，不失时机地给我们提供了这样一个精神港湾……

从此，我的心里有了蔚蓝的歌唱
我的梦里有了自由的鸟翔
我还想要点儿什么呢
你就是纯净
你就是古典和萧然
我真的不需要任何财富了
正是因为有了你
我才来到这个世界上
希望从这一天诞生
我的心不再流浪

2017 年 7 月 1 日，学院楼前，毕业欢送会结束后合影

也正是因为如此，才有那么多同仁在协会成立这件事上热心服务、默默付出、不计劳酬。因为我们知道，这是在寻找梦想的世界，心灵的港湾。

“不离日用常行内，直到先天未画前”，梦想不是一个终点，而是一个过程，她存在于每个人的生活里，并会融入你的生命。不论何时何地，都不要忘记自己的梦想，勇敢、执着、快乐地追求并享受！

此致暑安

杨志彪

二〇一六年七月十九日 于思源湖畔

（注：文中关于《我的诗篇》的文字，引自张杰校长在上海交通大学 2016 年本科毕业典礼上的致辞）

我们改变着自己，改变着命运

——2016—2017 学年第一学期期末致家长和同学的公开信

生活不会是一片坦途，必定会有各种曲折艰险，胜不骄，败不馁，便是我们生活的法则。不论你们有任何喜悦，任何困难，我永远都会与你们站在一起，做你们坚强的后盾，不但愿意与你们分享雾霭和虹霓，更愿意与你们分担霜刀和霹雳。

2017 年 1 月 3 日，学术活动中心，同学一起参加新年聚餐

同学们：

寒来暑往，冬去春来，又到了一学期的结束，刚刚送走了 2016 年，迎来了 2017 年。这或许是咱们班最后在一起过元旦，迎新聚餐了吧。有些不舍，然而时间的洪流却不会作片刻停留。回望过去的一年，有太多的事情值得回忆和总结，如果用一个词概括的话，“改变”这个词或许比较恰当。我们改变着自己，改变着命运，改变着生活……

一、2016 年初，兰兰、硕硕相继赴港大、台大做短期交流。在一学期的交流期间，收获满满，体会多多。相信他们在短暂的一学期里，一定感受到了不一样的文化和氛围，并将受益终生。

二、脑中有科学，心头存道义，科学精神进课堂系列主题班会又举办了 2 期，使总数达到了 9 期。我们相继参观学习了全球最大的临床实训中心——柯惠医疗和全国最大的寄生虫标本室——中国农业科学院上海兽医研究所寄生虫标本室。道义是远处星光，科学是指路灯火，让我们携手同行，矢志不渝。

三、学风优良，立志科研。在免推生方面，咱们班又创造了一项纪录，那就是保送本系的研究生达到了 4 名，原来最多只有 2 名。可见咱们班同学对本专业的热爱。另外，也有 3 名同学外推成功；3 名同学正在申请出国。其中静静同学已经拿到了两个大学的 offer，明明和帆帆正在积极申请

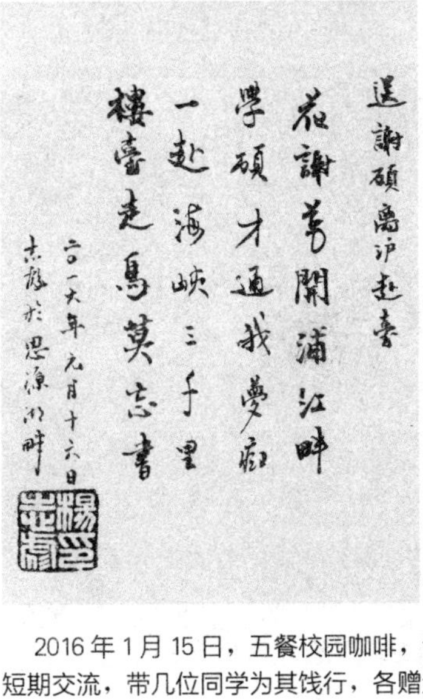

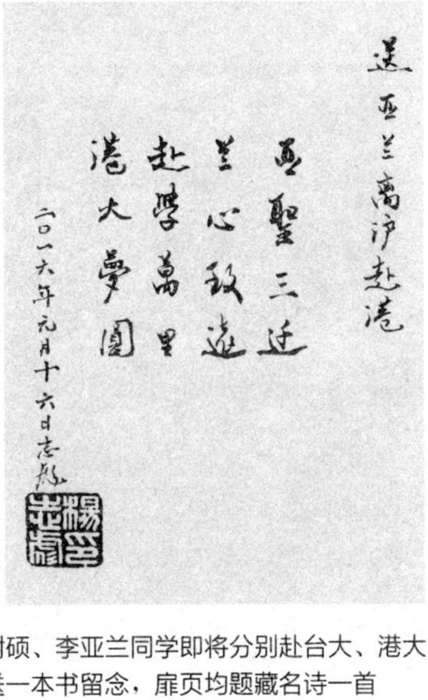

2016 年 1 月 15 日，五餐校园咖啡，谢硕、李亚兰同学即将分别赴台大、港大短期交流，带几位同学为其饯行，各赠送一本书留念，扉页均题藏名诗一首

中。在这里我们向蒙蒙、小豪、健健、然然、兰兰、硕硕、阿文、静静同学表示衷心的祝贺，祝愿他们早日投入研究生生活，不忘初心，砥砺前行。

今年参加考研的也有6名同学，分别是阿畅、阿竹、阿晋、煜煜、小明、阿龙、妮妮，在此也一并祝愿他们取得好成绩，心想事成，金榜题名。

四、对于要参加工作的几位同学，小伟、小柳、小宜、小仪、琳琳、小提等同学，也希望你们都能找到自己称心如意的工作。

五、支持学院，成就自己。我特别要感谢的是在上周选几门英文课的时候，同学们所表现出的团结及对我的信任和

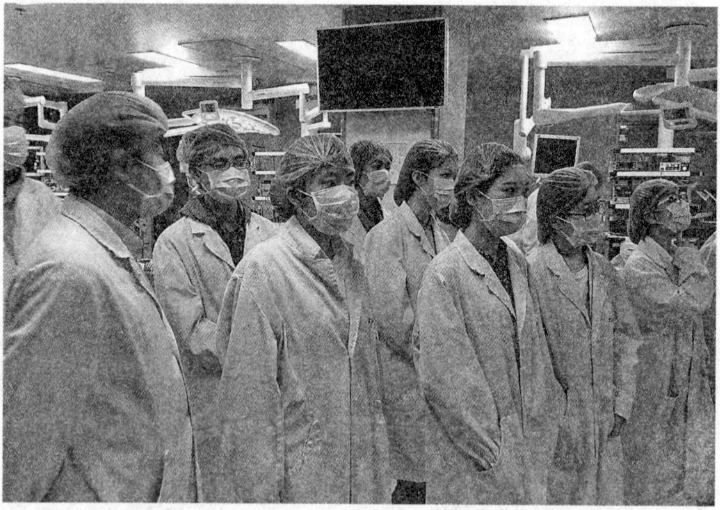

2016年5月13日，美敦力集团，带领同学参观实践

支持，三门课一共有 47 人次选课，咱们班就有 17 人次，绝对的中流砥柱，为学院的发展立下了汗马功劳。感谢你们对彪哥一贯的支持和厚爱。

六、需要感谢你们的还很多，我在年初以第一名身份荣获学校十佳班主任，同时获优秀班主任荣誉称号，在 7 月份获得学校三育人先进个人，在 11 月份获学院首届最受欢迎青年教师二等奖，硕硕同学还为我站台演讲。这些荣誉的获得，都离不开咱们班同学不遗余力的支持，谢谢你们，让我感受到你们年轻的力量！

七、咱们班不仅学风优良，同学之间的互助友爱也倍受赞扬。6 月份期末考试前，小伟同学不幸小腿粉碎性骨折。需要住院治疗，咱们班所有的男生轮流值班看护（因为小伟当时生活不能自理，女生不方便），直到他父母赶到。期间，也有许多女同学前去看望。这个事情很让我感动，只有如此同学友情，才能奏响最美的青春舞曲。为所有参与这场接力活动的同学点赞！

八、同学们，你们生活在一个变革的时代，2017 年的钟声早已敲响。我们已经在新的一年阔步前行。凡事预则立，不预则废。毕业季注定是忙乱的一个学期。希望大家都能处理好各方面的关系，把握机会，不忘主旨，珍惜大学期间最后时光，珍惜友情、爱情，珍惜与所有老师的缘分，这一切都是你们踏上更险征途的原动力。

莫言下岭便无难，赚得行人错喜欢。正入万山圈子里，一山放出一山拦。我想对你们说，生活不会是一片坦途，必定会有各种曲折艰险，胜不骄，败不馁，便是我们生活的法则。不论你们有任何喜悦，任何困难，彪哥永远都会与你们站在一起，做你们坚强的后盾，不但愿意与你们分享雾霭和虹霓，更愿意与你们分担霜刀和霹雳。

让我们举起酒杯，干杯！

我只会祝你们幸福

——2016—2017 学年第二学期期末致同学的公开信

无论在市井，在路上，还是山中，心在花在，花由心生。那花便是尔心，尔心便是世界。不论前方是平坦还是泥泞，希望每位同学心中永远都有一朵盛开的花！

当年壮志赴南洋，问道在鸿庠。悠悠四载飞逝，椽木已成梁。

分别事，路茫茫，梦前方。何时再聚，欲诉衷肠，漏短情长。

2017 年 6 月 12 日，学院楼前，与身着学位服的同学合影

同学们：

星移斗转，日月轮回，当同德湖的荷花再次绽放的时候，我们该说再见了。从没有想过四年会如此匆匆，仿佛是一次聚会，或者是一次远足。脑海里不断浮现你们这四年的点点滴滴。

参加开学典礼时的兴奋，中秋晚会的热闹，分专业时的纠结，举办“科学精神进课堂”系列主题班会，到知名企事业参观实践，与你们多次单独谈话，为培力、肖野送行，送亚兰和硕硕去港大、台大短期交流，送别王晨涛，为于韧参军送行，龙伟骨折时的痛苦，拿到名校 offer 时的喜悦，同学挂科时的烦恼，获得奖学金时的自豪，实验室忙碌的身影，社团里挥洒汗水，话剧社倾情演出，舞蹈队神采飞扬，光彪楼、二餐、图书馆……

这些场景时而清晰，时而模糊，让我想起了席慕蓉的诗：

所有的结局都已写好，
所有的泪水也都已启程，
却忽然忘了是怎么样的一个开始。
在那个古老的不再回来的夏日，
无论我如何地去追索，
年轻的你只如云影掠过，
而你微笑的面容极浅极淡，
逐渐隐没在日落后的群岚。

遂翻开那发黄的扉页，

命运将它装订得极为拙劣，

含着泪　我一读再读。

却不得不承认，

青春　是一本太仓促的书。

四年的时间不算长，却足以改变一个人的生活轨迹。还记得你们当初的梦想吗？出国、工作、读研？无论你曾经多么纠结，现在都已尘埃落定。在此向所有实现自己梦想的同学表示祝贺！当然，人生是一个漫长的过程，最令人着迷之处就在于只要还活在这个世上，就永远不会停止对梦想的追逐。“莫言下岭便无难，赚得行人错喜欢。正入万山圈子里，一山放出一山拦”。

不论现在是顺境还是逆境，都应该有一个平常心，走好人生的每一步，让这个过程变得有意义。特别是对于暂时遇到挫折的同学，更不要气馁。人就像一颗种子，有的种子早一点发芽，有的种子晚一点发芽，有的种子适合旱地，有的种子适合水田，只要努力和坚持，总有一片土壤会适合你，迟早有一天会发芽、开花、结果。

全班二十几名同学，性格迥异，各有千秋，我始终默默地注视着你们。我努力了解你们的特点，为你们提供帮助，然而毕竟能力所限，常常不能令自己满意，也会有一些挫败感，甚至怀疑自己是否适合担任班主任。但是，我的心是真诚的，试图从与你们不一样的角度去看这个世界。再加上大多数同学的理解和支持，让我坚持下来了。

我曾经对你们引用过舒婷的诗句："我必须是你们近旁的一株木棉，作为树的形象和你们站在一起。根，紧握在地下，叶，相触在云里。每一阵风过，我们都互相致意，我们分担寒潮、风雷、霹雳；我们共享雾霭、流岚、虹霓。"

在千顷校园，我们朝夕相伴，闲望天上云舒云卷，感处低吟唐诗宋篇；不在案前论道义，便是灯下话人生；虽无香车宝马锦玉簪，却有科学道义谱新篇。我努力让你们的大学生活成为真正的大学生活，而不是仅仅为了分数、工作和名利。

当今大学普遍注重技能教育，而忽视精神品格的培育，特别是科学精神严重匮乏。因此，我从没有一次带你们去哪个地方游玩，但是我带你们去了许多地方参观实践，举办了多次"科学精神进课堂"主题班会。这些，可能不会马上带来显著的改变，就像"每一次流水的冲刷，虽微不足道，经久不息，终成沃野千里，鱼米之乡；每一缕微风的吹拂，虽了无痕迹，经久不息，铸就石林山海，造化奇观。沧海桑田，起源于微小的力量。不是每一次磨砺都足以改变，不是每一点改变都可以感知"，只要我们始终坚持，若干年后，你们必将感知这些微小带给你们的力量。

毕业临别之际，你们一定会收到许多寄语，出现频率最高的一个词必然是"成功"。但我不会祝你们成功——我只会祝你们幸福。“成功”的功利色彩比较浓厚，特别是许多所谓的成功人士，仅剩下物质的富有，而精神的缺失，道德的沦丧，令人不齿，自己也会挣扎在物欲的泥潭。我不希望你们成为这样的成功人士。其实，在这四年的时间里，我努力想让你们感受到的还是关于幸福的认知。

每个人都会穷其一生追求属于自己的幸福。有的以国家为幸福，有的以事业为幸福，有的以家庭为幸福，有的以个人为幸福，有的以金钱为幸福。实际上，物质或者金钱的多少，地位的高低与一个人的幸福指数基本没有关系。一个人的幸福取决于精神的自由、胸怀的宽广。如电影《百鸟朝凤》里唢呐王焦三爷对徒弟说：“唢呐不是吹给别人听的，而是吹给自己听的。”是的，即便是一个微不足道的小人物，精神世界同样应该富有、丰满、自由。很多同学看过《平凡的世界》，那些普普通通的人物，无论时代的大潮如何汹涌，他们都有自己独立的思想，自由的精神，从而达到更高的人生境界。

在与你们相处的这四年，也是我极为艰难的人生阶段。从 2013 年开始与你们相识相知，你们的激情、梦想、活力、青春，都在不断地影响着我，催我自新，给我力量和温暖。大家都知道，我们班级获得过很多的校级荣誉，这些荣誉也激励着我，在这个岗位上倾情付出，在这四年里我也收获了无数的荣誉和信心，所有成绩的取得都与大家的理解和支持密不可分，感谢大家，感谢命运让我们相识。

荣誉证书

F1315002 班级：

荣获 2013—2014 学年上海交通大学“先进集体”称号，特颁此证，以资鼓励。

共青团上海交通大学委员会

201[illegible]年[illegible]月

2014 年 10 月，班级获评学校“先进集体”

我们经常羡慕那些寄情于山水之间的人。他们不问世事，固然有些消极，但他们的心与这山川世界融为一体，也是一种境界。这个其实也不难做到，生活是复杂的，也是简单的，保留一颗纯真的心，即便是在闹市，也能“心远地自偏”。中国人非常注重责任，包括国家的、社会的、集体的、家庭的；也非常注重提高个人的心灵修养。前者是现实主义，后者则是理想主义。前者做着入世的事业，后者具备出世的精神。古今欲成大境界者，必定是以出世的精神，做入世的事业。你们的人生即将开启一段新的航程，除却努力、坚持和创新，一定要有独立的思想、自由的精神，同时也要给自己的心灵一个休憩的港湾。不要拘泥于眼前的苟且，追求属于自己的远方和诗吧。

我曾经给一位同学写过一首小诗：

路·花

如果　我有时间，
我一定会看遍繁花，
阅尽人间春色。

如果　我有时间，
我一定会看你梨花带雨，
读你顾盼生辉。

如果　我有时间，
我一定会抚摸你柔嫩的脸庞，
感知你生命的温度。

如果　我有时间，
我一定会嗅你空谷幽香，
沉浸于你自由的灵魂。

如果……

如果　我没有时间，
我也要停下生命的脚步，
恋静室兰花，
看遍野繁花，
念路旁野花，
读山中小花。
她们　因我而开，
因我而谢。

无论我在市井，
在路上，
还是山中，
心在花在，
花由心生。

那花便是尔心，尔心便是世界。不论前方是平坦还是泥泞，希望每位同学心中永远都有一朵盛开的花！

四载悠悠，人生漫漫，所有的悲伤和喜悦，成功和挫折，伴随着交大的风，化作云烟，奏响离歌。“挥挥手我不愿你走，可是不见你回头。此情不知等何时休，我望着天边的月，也望着天边的星，期望着再相见，彼此的情意牵”，莫忘了交大的月，莫忘了交大的人。此正是：

当年壮志赴南洋，问道在鸿庠。悠悠四载飞逝，椽木已成梁。

分别事，路茫茫，梦前方。何时再聚，欲诉衷肠，漏短情长。

同学们，再见！

杨志彪

二〇一七年六月廿日与上海交通大学

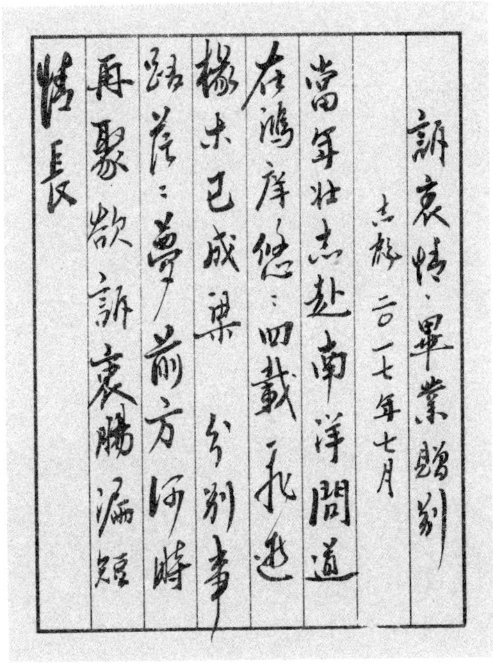
訴衷情·畢業贈别
志彪 二〇一七年七月
當年壯志赴南洋，問道在鴻庠。悠悠四載飛逝，椽木已成梁。分别事，路茫茫，夢前方。何時再聚，欲訴衷腸，漏短情長。

2017年6月23日，作词一首《诉衷情·毕业赠别》，并手书送别全班同学

下篇

私信往来

书信是最古老的通讯方式之一，在人类文明的历史上发挥过巨大的作用，也在个人的生活中占据重要的位置。古往今来，多少家国情怀、人生况味、悲欢离合都与书信有关，在我国古代优秀的诗词里也能找到很多这样的句子："烽火连三月，家书抵万金"；"云中谁寄锦书来，雁字回时，月满西楼"；"红笺小字，说尽平生意"……这些脍炙人口的诗句，无不让我们感同身受，影响了一代又一代人的思想和灵魂。然而随着时代的发展，书信这个曾经如此重要的通讯形式，正在被更为简单、直接、方便的其他手段替代。但我在与同学的交流中发现，单纯的谈话、活动等方式，并不能起到很好的效果，于是萌发了用书信的方式与同学交流的想法。不仅写公开信，也通过私人信件的方式与同学交流思想，碰撞灵魂。许多人生的困惑、选择的迷茫、生命的意义，都在这一来一往的书信中不断地提升、感知、超越……

2016 年 6 月，致远湖边，与同学散步交流

专业选择

人的一生往往会遇到很多类似的问题，现在有，将来还会有。我考虑的原则就是，追寻自己的本心（这种本心要抛开一切世俗的杂念，比如功名利禄）。一个人真正的幸福感并不在于外在的名利，而在于内心的追求和渴望。只有满足后者以后，那种幸福感才是持久的、永恒的。

所谓的顺其自然，不代表我们可以不努力，而是在我们努力之后，要有充分的勇气和智慧，坦然地面对一切成功和失败。这是我们应该具备的基本素质。

我们的世界是纷繁复杂的。如何在这个纷繁复杂的世界里保持自己的独立、自由和纯真。这是一个永不过时的命题，需要我们用一生去探索、追求。我希望，你在大学里能领悟到这些真谛。

2015年8月，东中院草坪，与同学座谈交流

在大学里追求生命的真谛
——与李蓝雅同学的书信往来

蓝雅同学如晤：

那天和你谈过话后，我的心里一直忐忑不安。不知你的状态怎样了？直到24日晚上最后一次班会，看到你的精神不错，略慰。及至27日开首次班会，你的表现已经很阳光了，差不多已经很放心了，只是没有得到你的亲口确认，仍不免惴惴。有几次想找你再谈谈，觉得还是写一封信吧，或许这样的形式更好一些。

其实我要感谢你，在动科班的首次班会上喊出“彪哥威武”！我很感动——是发自内心的。但我不能在大家面前表现出来，只好用一句“你是我的卧底”幽默一下。要感谢的不止这一次，每一次和你，以及同学们的谈话，都会让我的精神世界升华一次。这可不是夸张。是你们教会我如何面对一个素未谋面的人去交流、沟通；是你们让我认识到自己所做的工作的意义所在。我们在新班主任培训时曾经学过很多技巧，但如果没有心灵的支持，只会流于华而不实。与任何人沟通，都需要真诚，设身处地地为对方着想，这才是交流的真谛吧。

我也一直在思考，究竟该如何带领大家走在正确的路上，或者少走弯路。关于这个心路历程，实际上经历了三个阶段：

起初，我觉得这是一个很简单的工作，给大家鼓鼓劲儿，聊聊天，解释一下专业方向等就可以了。

后来我不这么认为了。虽然很多同学给了我莫大的支持和鼓励，但我觉得真正和一个同学交上朋友，走进他的内心世界，让他喜欢上这个专业，喜欢科学，是一个比较难的事情。即便如此，我也会坚持下去。我没有什么优点，自认为“坚持”是一个吧，水滴石穿，绳锯木断，精诚所至，金石为开。

等到专业分流以后，我走访了部分同学，我发现很多同学对这个专业其实是非常感兴趣的，与坊间的传说完全不符，这给了我莫大的信心。所以，我现在又觉得这是一个可以完成的任务了，特别是首次班会大家的表现，足以说明一切。

万事万物其实都是一样，从简单到复杂，从复杂复归简单，这时，万物皆在我心了！

在大学里，究竟该怎样去努力？怎样才是成功？每个人都会有不同的答案。我始终坚信，成功是没有捷径的。不是一个简单的选择就能完成，而是在选择之后的付出与努力。我们经常会听到，要“顺其自然”，可是有多少人能真正明白其中的内涵呢？我非常欣赏林清玄的看法：“所谓的顺其自然，不代表我们可以不努力，而是在我们努力之后，要有充分的勇气，坦然地面对一切成功和失败。”这是我们应该具备的基本素质。

心灵是一个玄妙的词语，怎么去认识呢？如何去提高呢？人生的意义究竟在何处？这些，在大学里都应该试图去回答、解释。“一个不想当厨子的生物学家不是一个好黑客”，类似这样的话无不在透露这样一个玄机：我们的世界是纷繁复杂的。如何在这个纷繁复杂的世界里保持自己的独立、自由和纯真。这是一个永不过时的命题，需要我们用一生去探索、追求。我希望，你在大学里能领悟到这些真谛。

说到真谛，何为真谛？真谛实际上是佛教用语，与俗谛相对。一般人永远是俗谛，只有领悟佛法之人才能到达真谛，跳出三界外，不在五行中。我们在大学里，也应该追求真谛，当然不是佛法，而是科学的、精神的真谛。不要为世俗的繁华所累，而要不断超越自己，在大学里追求自己生命的真谛！

在班级里，不光是你，每一个人对我都很重要。你们是一个个鲜活的生命，值得我敬畏——我敬畏自然，同样也敬畏生命。当然，具体到你们每个人，在家庭里也是很重要，甚至是首位重要。家长的希望和我的内心世界应该是相通的，一致的。所谓：“天地交而万物通，上下交而其志同”。这是交通大学中“交通”的含义，我们每个人、家庭、社会又何尝不是如此呢？

拉拉杂杂说了许多，不一定正确。以上这这些话，其实也是我对自己说的，只是今天以给你写信的形式表现出来罢了。所以，与其说是给你写信，更多的是写给自己，以资勉励。

最后祝你开心每一天，阳光每一天，精进每一天！

我也期待着四年后的那个夏天，金色的阳光下，我们灿烂的笑脸！

杨志彪

2013年10月29日夜于宇心斋

亲爱的彪哥：

谢谢你的关心，我很庆幸自己能在大学期间遇上一位像您这样亦师亦友的老师。您的坚持，您的负责，您对生活对人生的感悟，您细致入微的工作态度都让2班的每一个人铭记在心。

今天听闻王臣韬同学退学复读，心里不禁一颤，想到一周前还在和他戏说下次来带浙江台州的特产饼来。每个人的想法和选择都会不同，回去也许是一种勇敢，是一种机会，也许会是一场噩梦，一场对青春的浪费。我想既然已经选择了走下去，那就要用多出来的这一年时间做一些有意义的事，要不让未来的自己为现在的选择后悔。有缺憾的人生才会更美，没有选上自己想去的专业也许是缺憾，人生最美的不是如愿以偿，而是阴差阳错。这些意料之外的事情为我们的路开拓了更多的分叉口，也许他们才是通往目的地的路。

大学的生活的确缤纷多彩，但这两个月下来，觉得自己仍然还未完全适应，对生活的规划也没有进行，想做的事很多，但是当要付诸实践时，却总有各种阻碍。其实自己并不聪明，反应也不快，很多事别人很快想出答案，我却要细嚼慢咽很久才得出结果。但我还是希望自己的大学生活能过得充实而有意义，能不枉费自己曾经的努力。

“在夹缝中生存。”这是我和我的同学在高三时一直信奉的话。希望在大学里也能在夹缝中向着阳光幸福地生长。

此致

敬礼

李蓝雅

2013 年 11 月 1 日

蓝雅同学：

来信收悉，即复。感谢你的信任，我悬着的一颗心终于放下了些。

但我想先说说王臣韬。今天上午十点钟左右是我用车带着他的行李，把他送上虹桥枢纽四路的，我应该是他在交大见到的最后一个人——虽然我没有把他迎来，但却是我送走了他。他义无反顾地追逐他的梦想去了，我们祝福他来年能有一个很好的结果。他也跟我提到了他的女闺蜜大哭特哭，当然这种哭更是哭自己。

我跟臣韬其实也只有两面之缘，第一次见面是这个周一，我从教务办知道了他可能要退学，我马上打电话给他和他的家里。彼时他已经在温岭办好了复读的手续。周二他回到学校，下午一点半我约了他在校园咖啡见面，一谈就是一下午。这是我们的第一次见面，我没有劝他一定要留下来，而是和他探讨人生、选择、生命的意义等话题。并送了他一本书，寄语他：雪压竹枝低，低头欲沾泥。一朝红日起，依旧与天齐。第二次见面就是今天上午送他离沪。

可能换一个人，也不会去做这样一件事（和一个素未谋面，却是马上就要离开的学生谈话，为其送行）。但我不这么想，我觉得，既然他在交大，我就是他的班主任，虽然只有一面之缘，虽然见面即是离别。我和别人想的不一样，我追求的是内心的平和与安宁。最后，他在给我的信中说："老师，我自知此番归去心意决然，不想您仍然能够与我沟通的这样多。算起来，您是第一个能教我这么多书本以外的知识的老师了。十分崇拜您的人格魅力，愿有缘再见！"有这样一句话，我所有的努力和付出都是值得的，夫复何求？

但我并不赞成他这样去复读。这实际上是以一个盲目去纠正当初的盲目。最后可能会考一个高分，但届时同样仍会遇到对专业的不了解，与自己当初的想象不一样，还要面临和今天同样的问题。所以我跟他的谈话，主要是告诉他，面对这样的局面究竟应该怎么做?

其实，你已经在给我的信中回答了，我很欣赏你目前的想法：“我想既然已经选择了走下去，那就要用多出来的这一年时间做一些有意义的事，要不让未来的自己为现在的选择后悔。有缺憾的人生才会更美，没有选上自己想去的专业也许是缺憾，人生最美的不是如愿以偿，而是阴差阳错。这些意料之外的事情为我们的路开拓了更多的分叉口，也许他们才是通往目的地的路。”

人的一生会遇到各种各样的问题和挫折。专业选择仅仅是漫长人生路上的一个小站，欣喜也罢感伤也罢，都不应该让这种情绪停留太久，及时上路前行才是正道。

动科班的同学很多都是调剂过来的，但通过我的走访，也有很多同学是选择这个专业的。我在首次班会上，跟大家说的没有半点虚假。其实每个行业都有自己状元，关键是你怎么去努力，如何去把握。如果沉浸在负面情绪里，那最终得到的也一定是负面的结果。反之，就是正面的结果。但我更希望是一个平和的结果。就像在公开信中和大家说的那样。平静地面对，不以物喜、不以己悲，必当：自天佑之，吉无不利!

关于你说的具体的一些学习上的困难，我仿佛看到了当年的自己，自认为不太聪明，反应也较慢，但你一定要相信坚持的力量是无法估量的。越是这种情况，越需要你冷静的思考、从容的应对，心无旁骛。做好短期规划、中期规划、长期规划。可以把除了课表以外的时间做一个详尽的安排，从起床到入睡的每个时间都要详细的做一个“课表”，包括节假日。然后就是认真、严格地执行，我相信通过一定时间的执行会取得满意的效果。

其实，你不是在夹缝中生存，你是在一个充满阳光的舞台上演出！一旦打开你那扇紧闭的心门，你的世界必定会霞光万丈。你一定要相信，万物皆在我心。

杨志彪

2013 年 11 月 1 日深夜于宇心斋

蓝雅同学如晤：

星移斗转，冬日一别，倏忽三月有余，不知港大之行何如？念念！

因你不在学校，特写信与你谈一些需要你考虑的问题。我曾记得你当时有考研的打算，不知你现在是否仍未改初衷？或者是否有了更新的计划？

另外，你可及早确定科创和毕设导师，免得选不到心仪的老师（以目前的形势来看，每个导师一般只能招一个学生）。

远隔岭峤，多多保重，盼你学成归来！匆匆顺致学安。

杨志彪

2016年4月1日

彪哥您好！

感谢您的关心，我在香港一切都还蛮好。现在已经基本适应了这边的生活，初到时语言沟通不畅，但是现在也在努力地适应。最近还去实验室做了两次实验，感觉很激动，不过其实和学校里也是差不多。这里有很多讲座，闲时我都会尽量去听听，今天晚上听了一场美国纪录片导演的讲座，虽然不能够完全听懂，但是也能够了解到一些只言片语和演讲者不同的人生经历，他去到阿富汗美国驻兵处拍摄的纪录片，讲到多多记录生活中意料之外的惊喜……在这里还交到了五湖四海各个国家的新朋友，有了很多新的经历……

至于以后的打算，我也一直有和爸爸妈妈在商量关注着。我还是会读研，最近都有在看保研论坛，想到如果有机会可能会去报名夏令营，多一个机会。最近有看到中科院，北京生命科学研究所，协和医院血研所，感觉都很不错，想去尝试一下，如果成功就去这里，没有成功也不要紧就保本院。对了说到这里，如果要报名夏令营，可能还需要找两位老师为我签推荐信，希望彪哥能够帮忙一下。我想读的方向还不太确定，可能往生命科学，生物方向走。感觉您说得很有道理，我还得再查查我们院老师的研究方向，比较想选王恒安老师，但是他的研究方向我还不是特别清楚，大概需要尽快弄明。

在朋友圈都能感受到校庆的隆重……时时想念交大和老师同学们，希望大家都一切安好！

李亚兰

2016 年 4 月 1 日

2015 年 8 月，东中院草坪，与同学座谈交流

专业选择仅仅是漫长人生路上的一个小站
——与谢薇亦同学的书信往来

老师：

你的演讲稿写得很好啊，一定是肺腑之言！昨天我们班有一个同学退学了，立马就有上海的同学表达出羡慕之情（羡慕到一路走去上体育课一路大哭）。其实上大学这两个月我也很迷茫，上海高考理科分物理和化学，我选了物理，上了大学看到化学式子一点感觉也没有，每天赶着复习预习却仍然觉得力不从心，总认为自己被用错了地方。有的时候觉得大学生活挺让人失望的，或者说和想象中的很不一样，自己还偷偷哭过。现在听到同学退学的消息，却突然明白过来。以前身在其中，雾里看花，那颗心实在太不安分，或者说太浮躁，总是过多地考虑环境因素，总是抱怨自己所处的环境不好，没有珍惜和感恩。其实，我们所处的环境够好了，只是自己还没有学会开发利用。上大学需要一颗安分的心，认定的路就要好好走下去，要相信：你怎么样，你的大学生活就会怎么样，要把关注的焦点移到“人”身上，而不是环境，要学会找动力向前，而不是找借口退缩！

谢薇亦

2013 年 10 月 29 日

薇亦同学如晤：

看到你的回信，颇多感慨！

究竟应该如何做？其实，你已经在给我的信中回答了，我很欣赏你目前的想法："现在听到同学退学的消息，却突然明白过来。以前身在其中，雾里看花，那颗心实在太不安分，或者说太浮躁，总是过多地考虑环境因素，总是抱怨自己所处的环境不好，没有珍惜和感恩。其实，我们所处的环境够好了，只是自己还没有学会开发利用。上大学需要一颗安分的心，认定的路就要好好走下去，要相信：你怎么样，你的大学生活就会怎么样，要把关注的焦点移到'人'身上，而不是环境，要学会找动力向前，而不是找借口退缩！"

人的一生会遇到各种各样的问题和挫折。专业选择仅仅是漫长人生路上的一个小站，欣喜也罢感伤也罢，都不应该让这种情绪停留太久，及时上路前行才是正道。

虽然比起二班的同学我们晚相识了两个月，但我对你们的态度和用心程度丝毫不会改变，甚至通过不断与同学们的交流，对你们的爱与日俱增。我在与同学们的交流中也在不断成长，这绝非谦虚之词。你知道大学里为什么要招这么多学生吗？其实纯粹是为了教育大学的教授。我非常欣赏这句话，并努力践行之。在教学相长的路上越走越长。

你是上海人，有着更多优越的条件，人聪明、基础好。通过转基因大米这事，我更对你刮目相看。要知道，转基因遭到很多误解，而你却能勇敢地尝试。我最欣赏你说的那句话：无知是最可怕的。我也是这么认为的，科学精神的培养不是一朝一夕，需要长期的、艰苦的努力！孙强是一位出色的科学工作者，更是一个好的人生导师。我每次和他交流都会受益，希望你也一样，在科学的道路上阔步前行。

拉拉杂杂说了许多，不一定适合你，但我心可鉴，唯愿你能在快乐、平和的环境中找到人生的新支点，带着新的梦想起航吧！

杨志彪

2013 年 11 月 1 日深夜于宇心斋

2014 年 7 月，三餐咖啡厅，指导同学学业

凡事早做打算

——与谢硕同学的书信往来

硕硕如晤：

冬日一别，已近三月，正是春光美景，便念远人。虽时时能看到你的行踪，但总不够直接，不知台大之行迄今何如？念念！

最近学校都在忙着校庆，很是热闹。具体到咱们班级，大三下学期已过半，很多同学都在做着各种努力，有准备出国者、有进实验室做实验者、有准备工作者。因你不在学校，特写信与你谈一些需要你考虑的问题。

我曾记得你当时有考研的打算，以你学习排名，保研或许不成问题。不知你现在是否仍未改初衷，去考法律硕士？或者是否有了更新的计划？

另外，虽然大四上才确定科创和毕设导师，现在考虑也未尝不可，再加之你极有可能保研，可早做打算。

远离故土，多多保重，盼你凯旋！匆匆顺致学安。

杨志彪

2016 年 4 月 1 日

彪哥：

谢谢你的关心！

时间过得确实很快，我已经来台湾生活近两个月了。关于未来自己何去何从的问题，我确实一直都在考虑。科创和毕设的导师我应该还是会跟着李老师的，目前是这样。

我现在最大的一个问题就是，我不能确定自己研究生读什么专业。我大二下到之前，确实一直都想考法学院的研究生。可是目前我了解下来，加之自己思考，我又不是很想读法学研究生了。来台大之后，我更想出国读研，但是由于专业没法选择好。所以我自己目前也特别乱。

但是我肯定会在回上海之前决定好自己究竟要干什么。因为我不想自己研究生学习的内容和未来真正想从事的职业没有任何关系，不想再浪费两年。我知道自己必须摸清楚到底我想要干什么。我之前也有考虑过研究生读农业发展之类的领域，就像是未来可以成为农业方面的大局操控者，我并不想远离农业，但是我又不太想一直在实验室里做实验。所以老师，我觉得自己现在的状态特别糟糕，因为我无法选择。但是我会去了解更多研究生专业，也会着手准备英语。保研的夏令营我应该也会报名参加，多手准备的。

谢谢彪哥时刻关心！

谢硕　敬上

2015 年 4 月 13 日

硕硕：

是有些乱了。

你知道张冬徐吗？就是今年毕业班的，他各方面也都很优秀，后来保研到媒体设计学院，专业就是文化创意之类的。我觉得，你也可以往这方面考虑。

你的目标很好，想做农业的操控者，可是又不想一直做实验。这好像挺难。以你的目标，似乎可以尝试农业管理型的专业，但是没有专业基础的管理，无异于空中楼阁。所以，你还是应该慎重考虑你的选择。

匆匆顺致学安

杨志彪

2016 年 4 月 14 日

2016 年 5 月，书法习作“春风育桃李”

追寻自己的本心

——与谢斯羽同学的书信往来

杨老师：

您好！

我是谢斯羽，非常有幸能和您在此交流。

在第一节课中，您就强调“科学精神”对人生的积极作用，这让我非常信服，我也非常仰慕有人文情怀的科学家们。课后，我去阅读了方舟子的文章，我觉得他的个人经历非常有意思，从生物化学博士到作家，从创作抒情诗到写科普文章，我感受到他身上科学与人文精神兼备、专业与责任并行的魅力。我的困惑也与之相关，我是否应该转到法学院？

首先不得不赘述我的成长经历，高中文理分科的时候，我非常想选择文科，因为自己文科学起来轻松，同时也很歆羡新闻工作者能够去改变这个社会。但我的爸爸用近乎暴力的方式强制我选择理科。高中的两年理科学习让我重新有了对理科的自信，我现在也很感谢爸爸的坚持。所以在高考报志愿的时候，虽然心里仍有对新闻留恋，我仍然选择了工科。但是我第一想学的是环境科学与工程，希望通过自己能改变一些东西。而爸妈考虑到以后的工作条件（这也是爸妈希望我学理科的重要原因），我再一次改变了志愿。

现在，我已经适应了专业学习，虽然有时候因为自身能力限制，学课程要比一些同学辛苦一些，但总体还不错，绩点在全院占前30%，这样下去我能有一个不错的未来，得到爸妈希望我拥有的东西，我也相信我能做到。但是，我总觉得自己学习缺乏主动性、内心的力量，有时候比较疲惫。这学期我有一次转专业的机会，我已经错过了两次机会，我不知道我是否应该把握这次机会，去法学院？之所以想去法学院，是希望做一个法官，判断事情的正义与否，也是因为我在学习人文课程的时候会感到快乐和共同感。但我仍然对自己认识不足，这样改变人生方向是否太有风险？我现在参加了科研活动，转系会不会影响到团队、导师？爸爸对文科的偏见很大，我该怎么面对爸爸和其他人？交大的法学院相比其他学院非常年轻，是否能满足我的期望？我是否应该坚持下去，有了“工科”学历作保障，以后再改变学习方向做喜欢的事情？或者把爱好只当做爱好而非职业？我有太多的顾虑了！

杨老师，我们以后的职业到底是我们生存的方式，还是自我价值的体现？我觉得有太多的人在工作中似乎都没有幸福感可言！您作为具有人文情怀的工科教师对工科和文科又是什么样的看法？您在课上说，“一切都是最好的安排”，是否是在告诉我要遵守已有的东西和规则？

非常抱歉占用了您的休息时间，但我非常期盼能得到您的回信！

顺颂时祺

斯羽

2016年3月5日

斯羽同学如晤：

很抱歉，最近实在太忙，今天才有时间回信。

收到来信，我很欣慰。一是因为你对我的信任，二是因为你是一个有解决问题能力的人。所以，不论你以后选择什么，我都不会担心，因为你有这方面的素质和能力，包括与你不太熟悉的老师或朋友交流，这是一个很好的方式。

我没有想到，科学精神的话题会对你产生积极作用。这是对我莫大的鼓励。同时，我也感觉得到，你是一个善于接受新生事物，并能够积极进行挑战的人。

从你的来信得知，你一直很喜欢文科，现在又很喜欢法律。可是由于父亲的极力反对（我有一点不是很明白，你父亲为什么认为文科的环境不好？理科的工作条件利在何处?），你始终没有办法心想事成。可耐人寻味的是，你竟然在你不喜欢的领域，在缺乏你内心动力的情况下依然做出很出色的成绩。我见过太多的学生，由于没有达到自己的心愿，沉沦颓废，最后一事无成，甚至不能毕业，断送了自己的前程，也断送了父母的梦想。可你跟他们不一样，这不得不让我刮目相看。你的经历实际上已经很好地回答了，当现实和理想出现矛盾时到底应该怎么办？那就是无力改变现实时，只有面对现实，并在这个环境中做到足够出色，结局就是主动权又回到了你的手中。现在你的烦恼，也是一种甜蜜的烦恼。在目前的专业继续下去，你的未来一定也是光明的。如果换了法学，我相信，凭着你的信心、兴趣和素质，同样也会有一个精彩的人生。那么，到底该去还是留呢？

人的一生往往会遇到很多类似的问题，现在有，将来还会有。我考虑的原则就是，追寻自己的本心（这种本心要抛开一切世俗的杂念，比如功名利禄）。一个人真正的幸福感并不在于外在的名利，而在于内心的追求和渴望。只有满足后者以后，那种幸福感才是持久的、永恒的。而名利虽然也会带来一时的满足，但往往会随着地位的沉浮，烟消云散。同时，父母的意见当然也要充分地尊重，但你现在毕竟成年了。凡事都由父母做主，显然并不客观，也不科学。你应该有自己的判断和理解。父母是按着自己的经验趋利避害，这种判断往往带有世俗的功利性，他们并不会过多地考虑你自己内心的感受。你如果做了违背父母意愿的选择，需要做的有两件事：一是做好父母的解释和说明工作；最重要的是第二件事，证明给父母看，你的选择是正确的，这当然需要花几年甚至更长的时间才能做到。至于你现在的科研活动，你的离开会对相关老师和同学产生一定影响，但不是主要矛盾，这些都是细枝末节，大可不必多虑。

我在上课时就讲过，人生的意义就在于对未知的探索。人永远不会预知将来人生的样子，只有到死去的那一天才能确切地知道自己的一生到底做了些什么，所谓盖棺定论。所以，你无论选择了什么，都不要后悔，都不要羡慕别人。每个人的经历和感受唯有自己清楚明白，如人饮水，冷暖自知。永远不要强求每个人都理解你，也不要苛求自己理解所有的人。只要你具备了判断美丑、善恶、利害的能力，相信你一定会做出适合自己的判断。接下来要做的就是为自己的选择努力、奋斗，无怨无悔。相信自己！相信自己的内心！

读过汪国真的“热爱生命”吗？此时送给你，最合适不过了！

我不去想，
是否能够成功，
既然选择了远方，
便只顾风雨兼程。

我不去想，

能否赢得爱情，
既然钟情于玫瑰，
就勇敢地吐露真诚。

我不去想，
身后会不会袭来寒风冷雨，
既然目标是地平线，
留给世界的只能是背影。

我不去想，
未来是平坦还是泥泞，
只要热爱生命，

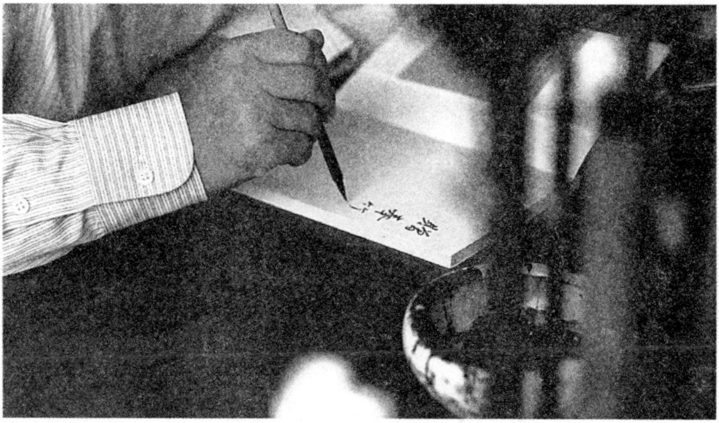

2015年5月，办公室，为赠送同学的生日礼物题字

一切，都在意料之中。

现在，你一定明白了，自己应该怎么办了吧？

期待你进一步的消息。此致学安！

杨志彪

2016 年 3 月 11 日

传道解惑

这种内心的修炼也不是一蹴而就，经过多年的努力，待到成年时，具备了自己的精神品格、内心的原则，此时自然会“有朋自远方来”。

我始终相信，在这个功利时代，仍然会有那么一小撮人，不为名利、追求理想，以天下苍生为己任，做着有意义的事。

虽然表面看似物质条件或许会差一些，但你的内心是自由的、高尚的、丰富的、充满生命张力的。这些难道不比名利更重要吗？名利是一个貌似好看，但却是丧失灵魂和自由的毒药。我希望我们的大学生更应该担负起这个责任，从自我做起，为改变目前的这种社会环境做出应有的努力和坚持。要相信这种努力是会收到效果的，只是要假以时日。

2017年6月，涵泽湖，与同学谈心

道法自然

——与王羽柯同学的书信往来

老师好：

祝您节日快乐！

很抱歉在失意时这样腆着脸来麻烦您。不是为了一些具体的问题，而是一些不着边际的困惑。人生啦，理想啦，这样子的。在您的课上看到您可亲的样子，当时我就想，这个老师很好哎。因此便在长久的困惑下有了这封信，希望老师能拨冗相助。

说是失意，其实也是小小的消沉而已，毕竟才近二十的年纪，没经过风雨的。然而我发现在这样的年纪里，世态炎凉也有所体现。有种说法是朋友本来就是相互利用而已，不论是物质上的，还是精神上的。所以人走茶凉也好，反目成仇也罢，都是正常不过的。对于这种说法，我抱着脑袋死想了许久许久，却无法反驳它一星半点儿。似乎就是这么回事。《论语》里说，“与朋友交而不信乎”，也只是要人真诚罢了——真诚地趋炎附势也未尝不可。当然此言此行我也不认为错。圣人还会考虑“友多闻”什么的，而一般人呢？张仪出息之前不受嫂嫂待见，及六国宰相加身，那嫂嫂“侧目不敢仰视”——“见季子位高金多也。”这还是嫂嫂啊。更何况一般人对一般人呢……

“苟富贵，勿相忘”，在毕业季听到这样的话，总叫我不寒而栗——只是富贵了才有资格勿相忘啊。如果稍稍差了丝毫，够不到富贵的标准，曾经的情谊又算什么呢。当然如果套用之前的理论，情感也是利益、价值的一种，那情谊就可以论斤买了，怕是还没有洋芋值钱。

然而有一种方式可破万法。只要春风得意，平步青云乃至大富大贵，自然可以感受世界的美好，人们的友善，友情的弥足珍贵。这样天天向上，努力打拼，践行自己的价值自然是好的。我意本不在此。高下相形，总有一些或许一时，或许一世不如意的人。有个词“屌丝”即是说它的——多么辛酸的一个词啊，还含着无奈的自嘲——相信没有生而愿困顿的人吧。这样一个金字塔式的社会，由闪耀的塔尖，成功的少数，与沉默的塔底，广大的待成功者砌就，践行着成王败寇的铁的法则——是不是太冷漠，太残忍了？

“丛林法则”这个词似乎也很流行。故事里狮子睁眼就要想着跑得更快，追上羚羊或是饿死；羚羊一睁眼就要想着跑得更快，摆脱狮子，或是死。我们的金字塔里，只是没有被吃罢了。而在一些残酷如政治的领域，败亡者又何尝能痛快求死呢。生活在地球上，面对严苛的环境，这样的社会保证了效率。并且随着时间的推移人们的生活越来越好，超脱刀耕火种，告别茹毛饮血。但毕竟仍然不是社会大同，现世的忧愁依旧，对于落于人后的“屌丝”，世界还是那么不友善。而优胜者的待遇，只是“奇货可居”的友善罢了。

以我个人论，虽一无是处，但也能混吃等死过个不上不下的日子——不要太混账的话。然而上述的想法困扰着我，以至于在为“季子归来否”感动之余，不能自已。想到自己在别人眼中不外乎是一串数字，混得好还能落个“浑身是宝”的评价，混不好或许不如芋头白菜，更遑论与十多元一斤的猪肉一较高下，我就寒入骨髓，“悲伤时握不住一颗眼泪”。

有句话说“求仁得仁”，或许我装做什么也不知，一头栽在富贵的路上就再好不过。然而看到这样一个私以为是事实的东西，我却怎么也放不下。说给谁说吧，好像也只能四顾茫然，只能悻悻。

屈子“被发行吟泽畔”是什么心情我难以感知，却窃以为我懂得的。毕竟我这言论悲观偏激，实在不宜说出的且容易惹人侧目的。因此更是感谢老师看完它。最后祝老师节日快乐！

此致

敬礼

学生羽柯

2015 年 9 月 27 日

羽柯同学如晤：

真是很抱歉，迟至今日才给你回信。主要是因为，你来信的那天恰好女儿生病住院，这几日实在忙碌，今天终于可以静下心来给你写信。

你是一个喜欢思考的同学，这一点很让我欣慰。我在像你一样大年纪时，还不能考虑如此复杂的问题，而你能做到，难能可贵。不但能够自己思考，还主动和朋友（我能否是你的一个朋友呢?）交流，本身就是一种积极的行为，值得肯定和赞赏。

你的来信，我仔细看了几遍，最核心的仍然是对成功标准的评价问题，生于斯世，如何能获得成功和快乐？其实这个问题不难回答。难的是，你考虑问题的出发点。社会上的大多数人都是以金钱和地位来评价成功的。在这样的成功面前，有的人是处于本真的追求，而有的人却是舍本逐末，以名利为目的，这样的成功其实并不能获得终极的自由与快乐，因为名利终将会是浮云，随着你的地位和职业而起伏。但假如你所做的一切是发自内心的，处于兴趣，乐在其中，你的事业同样会成功，而获得名利。虽然你追求的不是名利，名利会找到你，比如屠呦呦获得诺贝尔奖。这里有一个本、有一个末，是不能倒置的。

还有一种情况，虽然你努力了，也乐在其中，但是最终似乎什么都没得到，没有名利相随，没有社会的认可，没有亲戚朋友的认同，如同你所说，只有富贵了，人家才会不相忘。这种现象的确存在，可以说不在少数。这就要看我们如何定义自己的成功了。我认为，所谓的成功，就是付出了坚持、激情和努力之后，要勇敢地、坦然地面对所有的成功和失败。这也符合道法自然的原则。我们既然知道人总有一死，人生的意义即是在过程之中，担水砍柴，拉屎屙尿，事父事君，皆非妙道乎。何必总考虑名利呢？孟子见梁惠王，梁惠王问：君之来，何利于吾国乎？孟子说：何必言利，亦有义乎！是啊，我们的眼睛如果总是盯着那些浮名末利，恐怕是一生的痛苦了。这种人生态度，陶渊明的诗最能体现：

结庐在人境，
而无车马暄，
问君何能尔，
心远地自偏。
采菊东篱下，
悠然见南山。
山气日夕佳，
飞鸟相与还。
此中有真意，
欲辨已忘言。

我们为什么要那么在乎别人对自己的看法呢？别忘了，心远地自偏。这个世界上，有我们双脚不能攀登的高度，但并无我们内心不能企及的高度。这也是陆王心学的核心，也就是万物皆在我心，心即是理。我们的内心一定要足够强大、强悍，才会应付世间百态，才会拥有风流、风度、风姿、风神。我希望每个同学都能够和我一起共同体会古圣先贤如何救心救世，如何追求超越道德的价值，如何追求终极的自由和快乐，这是哲学的目的和功能，也是我们人生的意义所在。而在我的生活中，我同样也是不断地补充新鲜血液，每一个新的面孔、新的书籍，都在不断催我自省，催我自新。

我给自己的办公室起了一个名字：宇心斋。实际上就是在勉励自己，宇宙万物皆在我心，我心即宇宙，宇宙即我心。如果做到了这一点，我的人生怎么会不快乐呢？怎么会没有意义呢？窃以为，我已经能够达到这一点，不论经历风刀霹雳，还是雾霭虹霓，我都能够从容面对，希望你也能达到这一点。

随信附上我上学期期末写给我们班学生家长的一封信（参见本书上篇公开信：2014—2015 第二学期期末致家长和同学的公开信），对于此时的你，应该也很适合。

此致学安

杨志彪

2015 年 10 月 6 日于宇心斋

老师好：

还是祝您节日快乐！

非常非常感谢您的回信，这是我在这个假期收到的最棒的礼物。一并还有我的激动和些许后悔，毕竟让您花时间在这长假。其实我还是有点拘谨的，像一只被发现的睡姿奇异的蝠，睁着讪讪的眼睛乱瞟。不过您认真的回答，还有传递的温情关怀，让我觉得阳光曝晒也好，正好暖身体。

您的观点我很赞同，而且我也是这么做的。也正是如此，才觉得痛并快乐着，尤其是孤独难捱时。我会用自己的方法排遣一番，吃一吃啦，玩一玩啦，在有风的夜里走一走什么的。当然读书也是。有时会感到朋友都在书里，可以俯嗅野花，仰观晚霞，惬意自然。在低落时人尤其敏锐，能发现爱学习的人多是为了绩点而学，参加活动的人不少是为了人脉在搅和——大家言必称利，都努力经营着自己。说起来这也无可厚非，我也或多或少是这样。可是当读到一点很棒的东西想分享时，看到熙熙攘攘的人们神色匆匆，自己想说的话发了霉还憋在肚子里，不免落寞神伤。而关于这个问题我也算是想通的：确实是自己不够强大，像还没钻出土的笋子，难免一片乌漆抹黑。因此现在我就像只腿细头大的小蚂蚁，曲曲折折地寻寻觅觅，一边伤心一边笑。

而我的问题还夹杂着另一面，就是对社会黑暗面的恐惧。我对于这个问题其实也有自己的答案，而且随着年岁的增长也经常在更正。现在我想的是不要刻意把它作为噬人的怪物来恐惧，因为我觉得它就像一个人的后背，转来转去都会在的。积极，无畏地应对，我就更能理解“强悍的人生不需要解释”的意蕴了。

很多时候，很多道理能想明白，却难以做到。这种理想与现实的差距硌得人生疼。并且这种问题听起来也格调不高：只是做不到罢了，加油去做即好，真不算问题。有一些朋友，也会因为一些问题来找我，而谈了好久之后我发现我最后给出的建议往往是“加油”，想来也真是没有建设性。但他们会深以为然地感谢我，让我也心中一暖。慢慢我才省悟，原来大家都是缺爱啊，缺乏纯粹的、不加筹码的爱。这样的爱，这样的关怀，更能穿透厚厚的壳，到达软软的内心。因此我觉得，大家都不是看上去的那么坚毅，那么无味。以人为镜，我也慢慢地在理解自己，这也就是成长吧。

所以老师花时间给可以说不相识的我，我非常感动，而且感觉暖暖的，平添了一份力量，心情也好了几分。老师后边附的信，也让我有一种前途光明之感，觉得自己干劲十足。非常感谢老师。

还有就是老师提到陶渊明，对于他，我有一些疑问。我一直觉得他没自己说得那么洒脱，洒脱里带着酸酸的意味，因为他想当官来着。而他说自己躬耕的事，我觉得有作秀的嫌疑。以我为数不多的劳动经验看，他自己耕种很难养活自己吧，更不要说有闲情逸致写诗。虽然我没有深入了解他，但他给我的印象就是这样的。所以我觉得真的隐士应该是云深不知处的吧。不知老师怎么看。

此致

敬礼

王羽柯

2015 年 10 月 7 日

羽柯同学如晤：

再次抱歉不能及时复信，因为我对学生的每一封信都会认真对待，不敢有丝毫马虎，因此，必须要找一个合适的机会，容我静静思考，今天恰好即是。

首先谈谈陶渊明吧，我确信他并没有做多少农活，所有的文人都不会做多少农活，有过农事经验的已经算是不错的了，陶公自不例外。真正的农民哪里会写诗呢？所以，对于诗歌，我一般不太去关心诗的背景，只关心从诗歌中感觉到的意境。这样做恐怕会让很多人不以为然。其实，读诗大可以仅仅就诗歌本身去理解，往往能感觉到诗的本意，那种纯美、恬淡、豪放、激情的美。虽然说，诗以言志，多多少少都能反映作者的情趣，但却无需过分追究写作的背景，仅从诗歌本身，亦可观其一二。从这个角度来说，陶渊明的这首诗所体现的田园情怀，乃是一种理想，一种境界，世人不易得，或者缺少，所以有追求的必要。

不可否认，这个世界总会有令人惋惜、发指、愤怒的阴暗面，每个人都有或多或少的接触。但是，对此处理的方式不同，直接能影响一个人的人生态度。你已经走在正确的路上，相信你会有美好的体验和结局。

如今很多大学生，不仅仅是把时间碎片化了，还把精神碎片化了，因此极度缺乏完整的人格，给人的感觉总是漂浮不定，为了功名利禄，辛苦奔波，最终也不会成为一个完整的人，其本身也会有无尽的烦恼和痛苦。这部分人，或许会有一些技能，但绝不会有爱和智慧，其实就是缺乏精神。所以，你才会有感慨："原来大家都是缺爱啊，缺乏纯粹的、不加筹码的爱。"我一直提倡，君子之交淡如水，不掺杂世俗的利害关系，不图回报，只求精神的愉悦。这一点很难做到，但越是如此，我们越有用武之地。我始终相信，在这个喧嚣的世上，总会有那么一小撮人，仗义执言、侠骨柔肠、风流倜傥、淡泊名利、担水砍柴、洗衣做饭，为了内心的纯净和自然，默默前行。他们的终极目标，便是超越生死、超越名利、超越道德、实现终极的自由和快乐！

我希望你能达到这一点，加油！

匆匆不另，谨致学安！

杨志彪

2015年10月16日于宇心斋

这是一个甜蜜的烦恼
——与刘云德同学的书信往来

杨老师：

我是刘云德。我喜欢上我们学院的一个女孩，她是一个安静而有气质的人，她给我的感觉大概就像附件里的这首音乐，我上学期给她写过情书的，只不过确实很唐突，人家很礼貌地拒绝了我。

我决定继续写情书，不知道人家心里会不会觉得烦，我也不晓得情书都该写什么啊，一直抒情吗……我们不熟的，她是江苏人，然而我是河北的，连点共同语言都找不到啊……

但我也觉得即使什么都不会发生，我也不会遗憾，我可以安静地做一个旁观者。

顺颂文祺！

刘云德

2016年10月9日

云德同学：

看到你的来信，我仿佛又回到了大学时代。有心仪的女生，可是却没有你希望的局面。而你一时又不知如何去和对方交往。这是一个甜蜜的烦恼。

女孩子和你不熟，你对她的情况也不是很了解，甚至都没有共同语言，这样的追求注定是不会成功的，这一点都不奇怪。如果她一下子接受了你的感情，那才有些奇怪。这只限于两种情况：一者你是一个超级帅哥，各方面的条件都很优越，人见人迷；二者她正在经历感情的阵痛或者由于大龄等其他原因急于要找一个男朋友。很不幸，这两种情况都没有发生，所以你只好品尝这种苦涩。

你既然喜欢她，她又是礼貌地拒绝。那么，你可以给她回一封信，这封信不是情书。主要的意思就说理解她，并尊重她的选择。但你一定要表达这样的意思：既然不能做男女朋友，那就做一个普通朋友。这就为以后你们的继续交往创造了基础。你需要做的，就是远远地观望，创造一些不经意的机会接近她，了解她。也可以关心她，比如生日的时候、寒暑假回家返校等时刻，女孩子其实都是需要关照的。在接触的过程中也不要急于求成，就做一个好朋友。在这个过程中要不断增强自己的各方面的能力，让自己变得更优秀，比如学习、比如体育、比如其他能力等。她一定也会关注到你的。

这样的时间可以持续 1—2 年，默默的关注、不经意的交往、偶尔的交集、生日时的祝福（买礼物的话不要买很贵的，体现你的特点或者她喜欢的东西就好，甚至发个短信也是不错的)、她需要帮忙时及时的出现等，有些事情就会水到渠成了。或者你更加喜欢她，或者你对她的了解深入以后，发现还不一定适合自己，这其实是一个双方不断了解的过程。

感情的事，急不得，多留些时间和空间，给双方充分的自由，结果自然不差。希望你有好运。

杨志彪

2016 年 10 月 10 日

杨老师：

收到您的回信，我非常高兴，果然是旁观者清，我还是有点迷糊。

现在我平复下心情，觉得这种事情确实是不可强求的，我什么优势都没有，还是顺其自然比较好。我既不能表现得过于热烈，但也不能像不认识一样。我的主要精力还是要放在修炼自身这件事情上，绝对不能因为这件事情就沉浸在痛苦之中。

但是我绝对不能不作为，我既然喜欢她，就要适当地表现出来，但是要控制自己的行为，不能只顾着表达自己的感情而忽视了对方的感受。我也要尽量展现自己，毕竟酒香也怕巷子深，自己做得再好，没有人知道也是不行的。还要像您说的那样，默默关注，不经意的交往，生日的祝福，及时的帮助。倘若我真的能做到这些，我也就不留遗憾了。其实这些我觉得可以用几个字来概括，就是等待与陪伴。

谢谢杨老师的指导！

顺颂文祺！

刘云德

2016年10月10日

适度舍弃，让你的世界变得更加安静
——与王庭同学的书信往来

杨老师：

您好！

我在高中分科时，虽然选了理科，但对于人文类的很喜欢，高中没有用智能机，喜欢摘抄了解一点古典文化。分科后自己看了政治书上有关哲学的部分。对于中国传统文化我也是很有兴趣了解。

对于死亡的考虑。我特别害怕鬼片，从来不看。有一天我想着想着，发现人类对于任何事物的恐惧都来源于对死亡的恐惧。比如说，恐高，害怕老虎狮子，等等。然后我试着，告诉自己，我不怕死，看向黑暗，假想出来了一只鬼在慢慢走近我，然后我发现我不害怕了。（不知这些在您听起来是不是很搞笑 hhh，不过我当时确实是这样）

That's all.

学生：王庭

2016 年 2 月 24 日

王庭同学如晤：

兴趣是最好的老师。既然你对中国的传统文化有兴趣，不妨多投入一点时间，我们一起来认识那些曾经和正在中国大地上熠熠生辉的思想光芒。而且这种认识过程应该伴随你的一生，唯如此，方不辜负自己的生命。

至于对死亡的恐惧，每个人都会有自己的感觉，如人饮水冷暖自知。我不会觉得你的体验可笑。恰恰相反，你的描述让我感觉很真实。这是一个健全人格必备的素质——诚。中国传统文化和西方文化一样，对诚的认识都是极其深入的，对个人要求也是极其严苛的。现今社会亦如此。所以，我喜欢真实的人，真实的同学。希望你保持下去！

感谢你的来信，希望我们在彼此的交流中都能有所收获。

匆匆不另，顺致学安。

杨志彪

2016 年 2 月 26 日

尊敬的老师：

您好！

其实每次看到您的信，都有点小的触动，然后心想，晚上回去了要给您发邮件，说什么什么。结果，由于功课作业，以及其他琐事，这个念头很快就被兵荒马乱的生活淹没。

(嗯、其实就是为拖延症找了个借口……)

先说说以前想跟您发邮件却又忘记发时想说的事吧，好在都一一细数着还记得。

1. 记得我们小组第一次展示的时候，您批评了我。说我一直在看讲稿，准备不充分，而斯雨就没怎么看。我们之后的两个小组展示的同学也表现得很好。我感觉你夸他们的时候总是在批评我准备得不好。其实很难过。但是想想，自己确实做得不好。前一天在赶高数作业，ppt 由小组的其他成员做，周二上午才拿到，根据自己的想法粗略修改了下。通过这件事情，我得出了一个结论：ppt 最好是谁讲谁做。否则会造成做的同学放在 ppt 上的内容讲的人觉得不好讲没必要讲，而自己想讲的东西又没有在 ppt 上。从这以后我在其他课上展示的时候必定会亲自做 ppt，并且提前讲演自己彩排一下，尽量准备得充分点。还有一个感悟就是，为什么有的人口才好。口才好表现在不看讲稿，但能将准备讲的内容一一罗列，理论阐述具体举例需要什么都能讲出来，或许只有多练吧。回想自己在高中的时候经常上台给同学们讲题，虽然口才依旧不好每次要在班会上讲话时还得大致写讲稿，但至少比现在胆子大。或许是在大学里周围的同学都不认识吧，感觉自己变内向了，在课上更是没有高中活跃。Anyway，自己就这样浪费了一次锻炼演讲的机会。sad ...

2. 有一次上课时赵盛隆同学小组的演讲是跟上大学后压力依旧很大有关的。当时很感谢他能够讲出来，压力存在于每个人心里，但讲出来需要巨大的勇气。因为我一般压力大的时候，想表达一些负面的情绪，又不方便在 QQ 空间和朋友圈发，就去一些没有人认识我的社交网站比如新浪微博，说各种自己想说的话。他在上面演讲的时候，我的心里在翻涌，脑海里像放电影一样，一幕幕在倒带，大一上的点点滴滴，高三的日子，分明才过去不久却犹如隔了一个世纪。作为船建学院的学生，或许压力没有电院啊，机动啊，大，但其实作为女生，学理科的那种逻辑思维并不强，高数啊大物啊理力啊，对于自己很有难度，非常有难度，再加上没有高中时 24 小时可以随时问老师、一套套卷子强化，学习起来更困难了。他在讲的时候最后讲到了想一想山区孩子渴望读书的眼神，这一点其实我以前也有想到过（大脑不停运转，有时很执着地一直想一个问题，不知道都在想什么）。

虽然压力很大，但也要发现这个世界的温柔。在百度栏里输入“如何自杀”，搜索结果是“虽然这个世界不完美，我们仍可以治愈自己”。记得微博上榜姐有一天的话题是“说说你为什么而活着”，热评看完后心情沉重。“为母亲，她让我知道什么是‘女子本弱，为母则刚’”；“因为一个人最大的孝顺是想尽办法死在父母后面”；“我们这一生/如果平平安安直到老去/几乎是大幸/错过了飞着飞着就不见的航班/躲过了突然就失控狂奔的车辆/避开了凌晨因为地震崩塌的城市/如果你不小心撞上这一次在深夜来临的末日/对不起/我们真的不知道能做什么/一切能让你离开的安心的事情/我们都愿意做/如果你没有/接下来的日子里/请使劲活着”；“长到这么大，我说不出来我最爱的一部电影，说不出来我最爱的一首歌，说不出来我最爱的一个人。时常觉得人生其实没那么有意义，所有来自书上和人口中的意义都不曾说服过我。但今天突然觉得，大概人生最大的意义就是用余生去找到那些最爱吧。——德卡先生”……

所以，活着的意义或许就是，为活着而活着吧。

在一起的时间总是短暂，回想不知不觉过去的九次课，从第一节课的感兴趣、欣赏、聚精会神，慢慢到后来的为了赶理科作业而不仔细听讲（为了 Science 而放弃 Art，一如高中的做法，作为理科生，或许很多时候会觉得做做作业才是实际的，只是坐在那里听人文课“浪费时间”，这可能是高考前遗留下的习惯和看法，总会抓紧一切时间写作业写卷子，当然这个看法是错误的），或偶尔打开手机看看（时间碎片化啊）……sorry，to you，and，to me。

之所以今天想起来写邮件，并不是作业都做完了，只是，很多时候，嗯，择日不如撞日，或许拖延症会少一点，而且被所剩无几的课时刺激到了。记得 TED 演讲有一期题目是“你有拖延症吗?”每天在赶 deadline，但其实生活中有些重要的事情有ddl，还有一些同样重要的事情没有ddl，比如锻炼身体，比如开始早睡，比如和父母打电话，比如开始做自己喜欢的事情，再比如给你发email……希望可以克服拖延症，想起来什么就做什么吧。

有阳光，有鸟鸣，有暖风，有落樱，还有星星。

学生：王庭

2016. 4. 21东上院　靠窗的座位

——何时都应不失文艺之心，不失童心。

王庭同学：

你总是给我一些惊喜和意外。没想到一上班就看到你的长信，虽然语句有些凌乱，我还是读懂了大致的意思。

关于演讲的问题，你可能也感觉到了，我在点评的时候还是比较直接的。做得好的，毫不掩饰地点赞，做得不好的，我也直言不讳。目的只有一个，希望同学们重视这件事情，最起码在运用PPT表达自己的想法时做到游刃有余。虽然你当时的演讲不尽如人意，但是你认识到了自己的不足，后面准备其他演讲时格外认真，这就是最大的收获。

关于压力，那天赵盛隆的演讲我也很感动，你们或许没有注意到，我在点评的时候，非常动情地回忆了自己的求学经历，甚至一度哽咽。是的，好的演讲总是会引起听众的共鸣。你知道儒学存在的基础吗？世间情。正是这种最朴素、最真实的情感，才会令你在不经意间猝然于心，像阮籍、像卫介。我们在慨叹古人为何能做到那么潇洒、那么率性的时候，很多情况下忘记了自己，忘记了自己实际上也是这样的人。为亲人、甚至一个陌生人去流泪、痛哭，都是值得肯定的。也正是具备了这样一种豁达率性的风格，我们才能够经得住所谓压力的考验。就像你说的那样，到处“兵荒马乱”，我们如何自处？若非有一个强大的心脏，在这个世界上，生命的小船说翻就翻了，哪里还有我们的安身之地呢？

我非常喜欢竹林七贤和程朱理学思想。他们总是那样地打动我的内心世界，每次读他们的著作，都觉得我对生命的理解更进一步。自然地，就能更好地处理压力和周围那些不尽如人意的事情。你们的压力不小，这种压力更多的是一种浮躁产生的焦虑。因为外界的诱惑太多，对什么都无法割舍，“执迷不悟”，而分配到主要事情上的时间和精力相对较少，这样的后果就是不停地在赶 DDL，像一个机器。实际上，在生活中可以舍弃一些东西，你的世界自然就会安静。主要矛盾解决了，压力也就自然消失了。

我很喜欢你拍的那张照片，那是红叶李吧，单薄的花瓣迎风飘摇，她很快就会谢掉。花谢花飞，缘生缘灭，这都是自然规律。不喜不悲、坦然处之，和着春风，寻找自己的内心世界吧。

此致学安！

杨志彪

2016 年 4 月 22 日

2017 年 5 月，图书馆，查阅文献资料

我把你们当成自己的孩子
——写给张君名同学的信

君名：

你好！收到了你的短信，略慰！谢谢你对我的信任。周日晚上我也是情绪不好，如果因此对你造成了什么不必要的误会和伤害，我向你真诚地道歉，请你原谅！

你是我非常看好的一个学生，修养高，独立性、自律性都很强，我也对你寄予厚望，相信你会实现自己的梦想，这个是不容置疑的。当然，我可能有些心急了，我自己也意识到了，我的出发点虽然是好的，但可能采取的具体方式和方法很值得商榷，导致有些同学的误会吧。你们在学校里，在我的心中每一个同学都占有非常重要的地位，你们的欢乐、苦痛、烦恼，也是我的欢乐、苦痛和烦恼。不论怎样，我都希望你们快乐、健康地成长，这是我做人、做班主任的基本原则。

说到这里，其实有些话我是很不想说的，就是你可能也知道我为什么要从事班主任这个工作，在很多场合我都说过。但那是表面现象，更深层的原因我和谁都没有讲过，今天我也不打算和你说，只想告诉你是因为我个人和家庭的原因，涉及内心世界。我不为名、不为利，就是想能把大家带好，所以我才会投入这么多的精力和金钱（比如每一次班会请一个嘉宾，讲课费最少都是 1 000 元，这些钱都是我自己掏腰包，还有礼物赠送、吃饭、住宿、接送等等）。这些，其实我都是可以不做的，没有人会指责我，但我的良心会指责我。所以，我才愿意和你们交流、交朋友。每当看到经过我的努力，帮助咱们班很多同学解决了情感、资金、学习、生活中的很多问题时，也是我最高兴、最骄傲的时刻。

我在备课时、给同学写信时、与同学聊天时，我都能强烈感受到你们的精神和梦想。我能做的，就是尽自己最大的努力、去开导、去影响。当然，自己能力也是有限的，这时候就求助于别人，比如孙强老师。在接手你们班的大半年的时间里，我也深受教育，更加深刻地理解了惠勒的话：大学

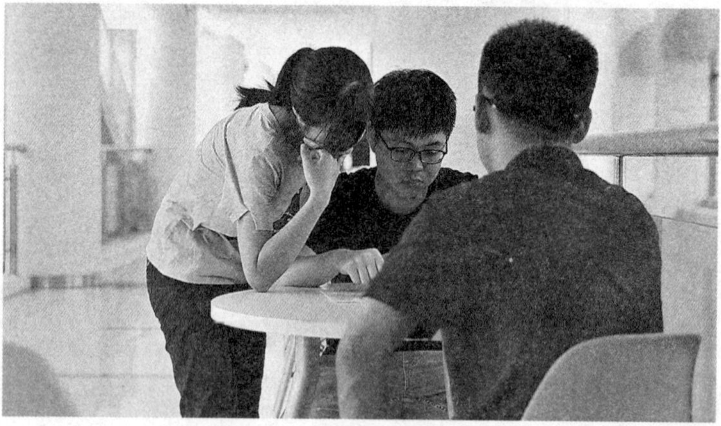

2015 年 8 月，学院走廊，与同学交流

里为什么要招这么多大学生呢？纯粹是为了教育大学里的教授。我在和你们交流的过程中，你们也在不断影响我，催我自信、催我奋进！

君名，我是把你们当成自己的孩子的，所以喜怒哀乐，皆形于色。这次，既然你在和妈妈交流后能够自己想通了，那我非常替你高兴！希望你一直保持下去，快乐生活、健康成长！当然，如果还认为我能帮到你什么，也随时欢迎。

顺便说一句，你爸爸不光是一个体格健壮的人，也是一个好医生、有良心的医生！

祝你开心每一天！

杨志彪

2014 年 5 月 12 日上午

生命意义

如果你读的书足够多，总会发现，自己的心情早已被某个古人描述过了。虽然，时境变迁，我们无法穿越，但那些熠熠生辉的文字，无不闪耀着情感、智慧、人性的光芒，让我们驻足感受。所以，多读书就有了现实的意义。

不要纠缠于一时之痛，要试着把目光放长远一点儿，宏观一点儿，养成正确的宇宙观。放在历史的漫漫长河中，一两百年的兴衰荣辱也许只是沧海一粟。所谓“牢骚太盛防肠断，风物长宜放眼量”。

2017 年 6 月，学院大厅学习角，指导同学学业

中国传统文化确实有取不尽的宝藏

——与何芳云同学的书信往来

杨老师：

您好！我是何芳云，今天听了您的课很有些触动，故而发邮件给您。若有叨扰还望见谅！

因为在高中学习的是文科，自己也比较喜欢古典文学，所以读了比较多的古典文献。一直觉得中国古典文学就是诗情与哲意一体的，喜欢品悠扬字句，却觉得单独从中分离出哲学思想来讲会有些枯燥，在课前其实很好奇老师会如何切入这个主题。今天第一堂课还是给了我非常大的惊喜，刚一开始还没有全神贯注地听课（挺惭愧的），到后来却是目不转睛了。

尤其是关于教育和生命意义的思考，是我们这个年纪最关注也最困惑的东西，意气风发的年纪，总是在追寻着各种各样的东西，到最后却发现也没找到自己想要的东西，反而丢了最珍贵的东西。正像您课件中出现的那句话“是为了成为一个人，而不是成为某个特殊的人”，特殊是为执念或者说偏执，不管是哪个方向的极端，最后的结局都只有覆灭。一直很喜欢米兰·昆德拉的《不能承受的生命之轻 》这本书，里面有句话，“不管是走向极端的光亮还是走向极端的黑暗，最后都会什么也看不见，都是彼岸”，想来也是这个意思吧。

生命最珍贵之处就在于它无法回头，也证实死亡才给了生命一个期限，才让我们知道要珍惜，若没有珍惜，纵有无限的生命，意趣又在哪里呢？“本以为一定会有的东西到头来都没有。”这是我很喜欢的一位歌手梅姑梅艳芳在人生最后一场演唱会上最后说的一句话，灿烂一生最后丢的是最看重的人之爱，字字都是散不去的哀愁和惋惜。认识自己与生命的意义，恐怕很多时候都是息息相关，不可分离的吧？

当然，今天课堂还有一件令我非常惊喜的事情，就是老师您竟然在课前就记住了我们的名字。几乎没有老师能够记得所有人的名字，甚至不关心我们叫什么。老师您的诚意，和对个体的关注，真的令我非常惊喜和感动。名字是属于每个人的独有的印记，不是院系、班级或是其他任何符号可以替代的。谢谢您！

因为有所感触，一不留神就写了这么多，若归结为一句话可能就是谢谢您！

谨祝时祺！

何芳云

2016 年 2 月 23 日

芳云同学如晤：

很高兴收到你的来信！更令我惊喜的是，我的一些观点能够引起你的共鸣，这是对我最大的奖赏和鼓励！

中国的古典诗词的确值得经常品味和阅读，那些优美的、哀伤的、悲壮的、凄婉的、清新的句子，总会在不经意间让我们心驰神往、感同身受。如果你读的书足够多，总会发现，自己的心情早已被某个古人描述过了。虽然，时境变迁，我们无法穿越，但那些熠熠生辉的文字，无不闪耀着情感和人性的光芒，让我们驻足感受。所以，多读书就有了现实的意义。写到这里，我想起了我在去年中秋节时独步思源湖畔的感受。那晚天朗气清，月光如水，绕湖堤漫步，突然想起了张若虚的春江花月夜，发古之幽思，感今之生活。竟然随口吟出了下面的诗句：

中秋月下步湖堤

望月凭栏万古夕
月上柳梢泼意画
波涵月影奏心笛
虫鸣风静觉星远
灯暖光寒感夜迷
湖畔何人邀玉兔
蟾宫世事几合离

我无古人之才思，但我仍然有自己的思想和感悟，这是对生活的理解，也是对生命的思考。

关于生命的意义和教育的反思，如你所说，珍惜生命和当下的一切一直是我们生活的主题。可是有些人却总做不好。这有很多原因。巧得很，我在上学期的期末时曾经给我们班的所有同学及其家长写过一封公开信，附在下面（注，此文参见本书上篇：2015—2016 学年第一学期期末致家长和同学的公开信），我想对你或许有所启发。

你或许还记得，我在课前说过，我有一点激动。不是紧张，而是面对你们这些越来越年轻的学生时，我总会莫名地激动。你们的青春、思想与我已经有了很大不同，我每次都会感觉到这种变化，也特别愿意和同学们交流。“知足知不足，有为有弗为”。正是这样的良好的交流互动，才使我不断进步，更重要的是，我从同学们身上获得东西越来越多，我的思想和境界也在不断地升华。

最后，感谢你对我的信任，我会和你们一起努力。

顺致学安！

杨志彪

2016 年 2 月 24 日

杨老师：

您好！非常抱歉拖了这么久才给您回信，之前一直在准备一场很重要的面试，后来又感冒了，以至于长久的耽搁，万望勿怪！（最近气温变化大，您也注意身体。）

上周很惊喜地收到您的回信。虽然您早在课堂上说过会给我们回信，收到这样一封情真意切的长信，仍然让我非常惊喜，谢谢您。想来您的课程愈来愈受到同学们的欢迎，与您对传统文化的真挚感悟和对学生的真切关心是分不开的。那些关于教育、关于人生、关于世界的话题，我也满怀着好奇地期待着在您的课堂上与它们相遇。

中国传统文化确实有取不尽的宝藏，就如您在信件中所说的，不管是什么样的心境，都能在古人的辞赋中找到一二共鸣，然后突然就有了慰藉，原来太阳底下早有过这样的事，时变境迁，怎样的困难也终究会度过的，怎样的狂喜也都会消散，然后也就慢慢地静下来了，慢慢地找到自己的本心了。就比如我们的优秀传统文化，总有不变的哲思，贯穿千百年而弥坚，闪耀着人类智慧的曙光。尤其是其中的辩证思维，我和我的队友都非常的感兴趣。

大学中的全面发展是非常重要的，可是除了传统意义上的德智体美劳的全面发展，我认为学会与自己和谐相处也是非常重要的，这一方面是找优势找不足，更重要的是能在这个纷扰的快节奏的左右人都在急匆匆地被命运或者生活追着跑的社会中，找到一片内心的宁静。这也是我一直在寻找，一直在努力的。如果老师在这方面有什么见解，请一定不吝赐教。说实话，这学期开始面对越来越多的机会，我也多多少少有些迷失自我了。不是说忘了本心，但至少是有些只顾着往前，而忽略身边那些美好的东西了。

深夜叨扰，久断联系，学生心怀歉意，谨在此祝您诸事安好！

何芳云

2016年3月7日

2014年5月，走访学生宿舍

像爱惜自己的身体一样去爱这个国家

——与 Ashley 同学的书信往来

杨老师您好：

我是 Ashley。之前与您交流时，您曾提及古代先贤所说的“礼崩乐坏”，那时候心中就很有感触，但是因为时间原因一直没能来得及联系您。

清朝章炳麟在《与简竹居书》说：“中唐以来，礼崩乐坏，狂狡有作，自己制则，而事不稽古。”从“狂狡有作，自己制则，而事不稽古”这些方面来看，我们国家现在是不是也有些类似的情况呢？

礼仪是不必说的，古代非常完整严格的礼仪系统早就已经不知道被抛到多么远的地方了。虽然古代礼仪里面肯定有封建专制的元素，但这套礼仪系统至少体现出中华民族的长幼有序、尊天重道的思想观念。

中国有礼仪之大，故称夏；有服章之美，谓之华。中国的汉服早就已经远离了我们的日常生活，中国的礼仪之大也变成了一个模糊的影子。然后是“乐”。我是学习古筝的，在古筝里面有很多经典的传统曲目，那这些经典曲目又还剩多少人在听呢？即使不沿袭传统，也应当寻找到一些音乐的新的优秀的发展方向。我发现中国现在的“歌坛”陷入了很奇怪的境况：他们既不发扬传统音乐，也不好好地向西方流行音乐学习。反之，每年都有大量的不知所谓的“口水歌”。

这类的例子是很多的，其实也不需要花太多时间去举例。我的问题是：礼乐出现了这些情况，国家又该如何去解决呢？

PS：因为我一直都很在意礼仪和音乐的事情，和孔老夫子观点很像，我觉得这是人类文明的一种表现。所以讲到目前的状况难免情绪激动，希望老师予以谅解。

Ashley

2014 年 4 月 18 日

杨老师：

您好，我是 Ashley。可能杨老师之前没有收到这封邮件所以我重新发送一下。另祝愿杨老师家的孩子身体健康，万事如意～

我看到过夏虫不可语冰的故事，孔子不与蚂蚱人辩解，是出于一种理解、同情的角度。朝菌不知晦朔，蟪蛄不知春秋。这些动物的生命实在太短暂，所以他们才无法“感知”到自然界的很多事情。所以孔子不与蚂蚱人辩解，是因为他认为蚂蚱人不了解冬天是正常的，没有必要非得让他知道这世上还有冬季。

但我个人的观点有一些微妙的不同。参照我们自身，我们的寿命也非常短暂，我们也有很多穷尽一生都看不到、感知不到的东西。当然我们必须要接受这个事实，我们要顺应自然的秩序。但这并不意味着我们不能去探究那些深邃复杂、远远超越我们了解范畴的自然道理。就像是对宇宙的探索，其实这些研究项目，有可能直到人类毁灭都不会对我们有太大的助益。毕竟我们太渺小了，我们了解的实在太少了。但我仍然认为我们要仰望这万丈星空，在这样短暂的人生里去思考、去追求。

夏虫不可语冰而羡之。然后才会去问，去想，去创造。1 000年前的人绝对想不到通电的城市，100 年前的人绝对想不到互联网的时代。或许追寻到某一代，夏虫的子孙也能看到冰雪。对于这件事您怎么认为呢?

Ashley

2014 年 4 月 20 日

Ashley 同学：

很抱歉最近一直没有大块的时间给你一个好的回复，今天终于可以静心思考，两封信一并回复。

首先谈谈对礼崩乐坏的看法。我们的确丢掉了许多东西，这里面有些是糟粕，比如：三纲。而有些人丢掉的却是精粹，比如礼义廉耻。现在我们所处的时代，的确也有许多问题。

但这恰好也是我们反思的理由，或者说我们进行深刻反思的目的所在。只有我们充分认识到目前的环境状态，才能通过学习、呼吁、修炼、影响等各种手段去找回失落的家园，不但要找回，还要有所发展，适应时代的发展。任何思想都绝不能躺在当年的功劳簿上睡大觉，只有与时代紧密结合起来，有创新、有发展，才是活的思想。

具体一点，当今社会的一些问题，恰恰给我们提供了一个舞台，一个反思、发展、创新的舞台。在这种情况下，我们能做的是：达则兼济天下，穷则独善其身。对于大部分人来说，不能兼济天下，但可以独善其身。甚至还可以稍微发挥一下，影响周围的人，比如亲人、朋友等。要相信坚持的力量，点滴的努力一定会换来燎原之火。我们如果能像爱惜自己的身体一样去爱这个国家、社会，那我们的社会一定会变得更好。

再有就是不要纠缠于一时之痛，要试着把目光放长远一点儿，宏观一点儿，养成正确的宇宙观。放在历史的漫漫长河中，一两百年的兴衰荣辱实在是沧海一粟。所谓“牢骚太盛防肠断，风物长宜放眼量”。这是毛泽东写给柳亚子的一首诗中的两句。当年，新中国成立初期，柳亚子受毛泽东邀请来到北京。时间久了，他觉得眼中所见、耳中所闻，与自己原先的期待颇有距离。他提出意见，还觉得不被重视，于是积累了许多的不满，写诗呈送毛泽东，表示准备回江南隐居，从此不问世事了。毛泽东写诗挽留。这两句针对柳亚子诗中流露出来的不正确的看法和牢骚情绪，提出委婉和诚挚的规劝。毛泽东以老朋友的身份，勉励柳亚子应该把眼界放开一点，向远处、大处看。这两句诗说出一条人生哲理，就是：世间万事万物，在其发展当中，充满矛盾，有一个由乱到治、由不完善到逐步完善的过程，人要以开阔的胸襟，远大的眼光来对待它。

综上所述，不论外部环境怎样，我们还是要积极地面对，只有这样才有可能变好。

关于夏虫不可以语冰，涉及我们探索未知世界的意义所在。其实我是想通过一个这样的例子，可以理解为人处事的小方法，大可不必上纲上线。科学虽然是在无限的发展，但我相信宇宙之浩渺的确非人力所及。老子说“以有涯随无涯，殆矣”。实际上如果把有限的人生替换成地球的生命，这句话还是成立的。这绝不是悲观厌世，而是对客观条件的充分认识。从客观条件来说，我们的自由只能是相对的，要想达到绝对的自由，只有一个办法，那就是修炼自己的心灵，让我们的心灵获得无限的自由。至于修炼的方法，我原来跟你说过，此处不再赘述。有一点，我需要强调的是，很多人往往认为那种无限的自由离我很遥远，没有办法达到。但我觉得，离我很近，它就在我的身边。这不是故弄玄虚，而是在经过大量的读书、思考、实践之后的结果，我希望你的那一天很快会到来，会的。

以上思考与你共勉，余言再叙，顺颂学祺。

杨志彪

2014 年 4 月 22 日

另，听了你发来的音乐，我虽然不懂，但很喜欢听，谢谢你！其实我也很喜欢唱歌、音乐，只是不懂乐理。

附：七律·和柳亚子先生（毛泽东 1949 年 4 月 29 日）

饮茶粤海未能忘，
索句渝州叶正黄。
三十一年还旧国，
落花时节读华章。
牢骚太盛防肠断，
风物长宜放眼量。
莫道昆明池水浅，
观鱼胜过富春江。

以天下苍生为己任

——与许璧红同学的书信往来

敬爱的杨老师：

您好！您是一个关心学生，认真负责的老师。在此对您表达来自学生的一声感谢！我觉得自己缺乏对自己人生深刻思考的能力，生活、人际中的许多事都让我觉得困惑，虽然我也能思考很多，但还是无法形成属于自己的坚定的一些思想，周围人的言行总会对我产生不小的影响。

在与您接触的过程中，我也有了更多思考，我想有些问题我也许在慢慢想明白。

刚进大学总觉得找不到志趣相同之人，找不到知己，现在慢慢发觉，身边的人总有不同的思想和选择，不必太过较真，人在成长，越来越多的路要自己走，自己抉择，自己坚持。老师，是否人生的路上真的是朋友易找知己难求呢？是我的期望太高还是只是机缘未到呢？

老师您今天说现在的人太过功利。我在想有时候“功利”和“目标明确坚定”是不是只有一线之隔，这两者的区别是什么？有些同学有信仰，有目标地坚定专一地学习，不参加活动不经常娱乐，会被别人觉得这人活得太功利，被身边的人也许不是刻意地就孤立了。老师这算是功利吗？与周围人的距离感、自身的孤独感是不是应该去勇敢克服？还有，其实我小时候每每听到大人一些功利的观念都很反感，但是当周围渐渐出现许多功利思想并且这些人也许更轻松地取得了更好成就时，我想我的确还没思考清楚我应该如何面对。老师可否指点我一下？

非常感谢！

璧红

2014 年 3 月 11 日

璧红同学：

很高兴你能给我来信。你有两个问题，一个是交朋友的问题，另一个是功利主义的问题。我试着和你交流一下。

关于交朋友，孔子有一句话：有朋自远方来，不亦乐乎？朋友为什么会从远方来呢？是因为想和你交流，交流思想、感情、生活等等。这种体验一定是一种非常愉悦的感觉。每个人都会期待这种美好的人生经验。可是，这种情况又不会天天发生，如果经常发生，就不显得可贵了。再进一步想，朋友为什么会想和你交流这些呢？大概是因为你有健康的思想、有自由的精神、你们之间很谈得来，所谓“倚天照海花无数，流水高山心自知”。这正是驱使朋友能和你交往的原动力。问题就来了，我们自身是否已经具备了这种原动力？能够让朋友不远百里、千里来和你相会。如果具备了，善莫大焉，你的人生一定是有意义的、充实的。若无，该如何去创造这种原动力呢？孔子还有一句话：吾十五而有志于学，三十而立……十五和三十都是虚数，我们可以认为一个是少年阶段、一个是成年阶段。他的意思很明确，就是要在少年时明白我们要从何处培养自己，使自己成为一个完整的人，而不是一种特殊的人（这与教育的功能一致）。不仅学习一定的技能（专业知识），还要不断提高心灵的修养。这种内心的修炼也不是一蹴而就，经过多年的努力，待到成年时，具备了自己的精神品格、内心的原则，此时自然会“有朋自远方来”。说到这里，你或许会明白了吧，真正的知己的确很少，一般的朋友则可以很多。随着年龄的增大，你应该明白，真正的知己或许只有一个，或许一个也没有，因为只有你自己了解自己。这也并不会影响你的生活。因为，有特点、有原则是一方面，内心的坚持和外部的显露可以理性的分开，这样与别人的相处同样融洽。但自己一定要清楚内心的原则！所谓“内方而外圆”是也。

关于功利主义，实际上也的确存在这种现象，但我始终相信，在这个时代，仍然会有很多人，不为名利、追求理想、以天下苍生为己任、做着有意义的事。功利和目标坚定之间也许只有一线之隔，就要看你最终的目标是为了名利还是为了仁、义、真理、正义。现在的大学里，有一些社会活动确实是需要选择性参加的，我希望你做那个追求真理和正义的人。虽然表面看似物质条件或许会差一些，但你的内心是自由的、是高尚的、是丰富的、是充满生命张力的。这些难道不比名利更重要吗？名利是一个貌似好看，但却是丧失灵魂和自由的毒药。我希望我们的大学生更应该担负起这个责任，从自我做起，为改变目前的这种社会环境做出应有的努力和坚持。要相信这种努力是会收到效果的，只是要假以时日。

以上这些话，我在课上亦会时常提及，也很愿意与你们共勉。

期待你的来信，顺致学安！

杨志彪

2014 年 3 月 15 日

杨老师：

非常抱歉！今日才看到您的来信。

感谢老师给我的评语！老师的课上总让学生看到您认真却又不乏轻松诗意心态的生活态度，也许多年以后我记不起课上的每一句话，但老师的态度也许会给予我很多鼓舞。也许人生本来就不轻松，会面对的问题也有很多，但正如最后一节课的那首诗“黎明已带我上路，所有的苦难我都愿意承受”。让我们可以带着智慧和快乐去担起生命中的那些责任。

尽管此刻的我还没有拥有真正最好的心态，会害怕结果不好而在付出时有所顾忌，会看到别人的努力似乎没有自己多却优于自己而抱怨不公，但是大学这一年来以及未来的经历和老师传达给学生的思想，我会在经历每一次挫折和自己掌控不了情绪的时候去思考，去回忆。相信我会渐渐明白，不再被那些想法困扰和阻碍，能够最终做到摒弃外界的很多影响，坚持自己，专心地为自己而努力。

成长是痛苦而幸福的，谢谢老师在这过程中努力为学生点一盏明灯！(突然想说，您的女儿一定会因为拥有这样一个好爸爸很幸福！)

一切祝好！谢谢老师！

您的学生　许璧红

2014 年 5 月 24 日

以出世的精神，做入世的事业

——与汪燕芳同学的书信往来

尊敬的杨老师：

您好！许久未曾联系，提笔问好！

现在给您写信，除了向您曾经给予的指导表示感谢之外，还想向您诉说一下自己在学习和生活中遇到的问题，恳请老师能拨开我心头之迷雾。

到现在为止，进入大学已经两年了。自问自己在学习上是非常努力的，每天晚上如果没有特别的事，我一般都会待在图书馆，或是看书或是写作业。我本人比较喜欢独处，虽然有时候会感觉有些孤独，但我很享受“安静”的世界。正因为这样，我很不情愿参加什么活动（自己不是很感兴趣的活动），也不想和不熟悉的人待在一起。热闹的人和事往往会让我的内心不知所措。有时候我一个人在路上走，看到路旁的小草、天上的白云，自己会忍不住微笑。这种“独”让我痴迷而满足。有时候，我真的想过隐居：和自己的爱人在一个环境优美的乡下平静地生活；毕竟世界有很多无奈，我只想随性地生活。当然，我也会反思自己的想法。人毕竟是社会性动物，是无法脱离这个社会的；自己的想法未免有些消极。可是，我又觉得我不是消极只是喜欢安静而已；虽然我还是有着对“繁华”向往。很长时间以来，我处在矛盾中，对自己的未来感到迷茫。

如果说“出”和“入”是困扰我很久的问题，那么我现在最苦恼的就是“思想匮乏”。开头已经讲过，我比较喜欢图书馆，没事总会去瞅瞅，因此也读了很多书。有些时候，几乎每天一本书。而问题也出现在这里：我读了那么多书，却时常感到无话可说。看完一本书，很难从理论的高度去评析。比如在写读书感受的时候，有些人写出来的是鞭辟入里的文字，深刻和富有条理；而我写的似乎只是停留在表面，虽也有阐发却失力度。再比如，如果让我写一篇文章评论，我很难从理论性的角度去分析；写到最后，是一篇读后感。一段时间下来，我深深感觉自己的“肤浅”！我写的文字需要情感的触动，一旦激情过后，难以下笔。我想这无论是在现在的学习中还是在以后的生活中，都是我的一个弱点！

以上两点就是我现在想要和老师交流的问题，如果能得到老师的解答不胜感激！（由于时间关系，有些句子不甚规范，望老师谅解。）

顺颂冬安！

学生：汪燕芳

2014 年 12 月 20 日

燕芳同学如晤：

很抱歉，今晚才有大块的时间给你回信。不过，今天正好是平安夜，在这样一个平静祥和的夜晚，与学生交流，是最美的享受了。

我想起你曾经做过的演讲“春天来了”。这个演讲我印象很深刻，好像还放了一个日本空难的视频，非常震撼。现在想起来，仍然会反复出现那个无助、感人的场面。所以，从那时起，我便把每一天都当作生命中的最后一天来对待。这样对很多事情都会豁然，不会打死结。

你的来信，让我想起了我研究生毕业后刚刚参加工作的那段时间。你知道，我是北方人，初来南方，气候不适应，再加之在这个陌生的城市，举目无亲，也没有朋友。雪上加霜的是，因为一点小事，领导误解我，那个寒冷和漫长的冬天，真的是很难熬。我也一度有过和你类似的想法——遁入空门。但是想想父母、亲人、责任，还是罢了。那段时间也许是我人生最灰暗的时期（大约有半年的时间）。后来，还是逐渐走出了泥潭，有两个契机。一个是考博士，定下了目标，并为之努力，生活变得充实，并在第二年的春天梦想成真。另一个是找到了人生的另一半，就在拿到博士录取通知书后，与我相恋十年的女朋友终成眷属。

也许你会说我幸运，但机会从来都是留给有准备的人。如果不是立志考博，自然就不会读博士，也许女朋友也要费些周折。这些事情看似不相干，但却有其内在的必然的联系。

为什么我要花这么多篇幅介绍我自己的经历呢？那是想告诉你目前所经历的“出”和“入”的烦恼，恰好我也曾经历过，而且也成功地走出来了。其实你的性格真的很像我——也许正因为这一点，你才跟我诉说你的烦恼吧——你喜欢独处，我也是。我记得，我在课上说过，我上大学的时候几乎很少和别人说话，性格很内向，朋友也很少。可以说，我也是活在自己的世界里。但是，独处会带来一个副作用，那就是有些时候会略显得不那么合群、或者与周围的大多数人的生活有些不一样。这个时候，如果内心不是足够坚强，就会感到些许的失落和孤独。这些我都真真切切体会过。

独处还会让我们学会思考。我的大学同学，目前来说，大部分都比我的收入高。可是，我一点都不羡慕。我非常怀念自己走过的大学岁月。我的生活虽然没有他们丰富多彩，朋友也不多。但我把大把的时间用在自己认为正确的事情上，学会了读书、学会了思考，这就是我最大的收获。一缕微风吹过，了无痕迹，经久不息，成就石林山海，造化奇观。我为什么能够站在交大的讲台上与大家分享自己的人生经验？正是这种长达20年的坚持的结果。所以，我们不能小看坚持的力量。只要我们认为正确的事情，一定要坚持下去。

你喜欢读书，我也是。但我读的书，可能没有你多，也没有你快。我与你的不同在于，我除了那段灰暗的时期之外，我是非常乐观的。我通过读书，与古今中外的人对话，与好朋友书信往来，用最乐观的心态对待最糟糕的事情。如果说，我也有人生导师的话，我的导师就是书。我现在所有的一切要拜读书所赐，教我成长、催我自新、令我自省。我从一个性格内向、甚至略有孤僻的人，变成现在的特别喜欢和学生打交道，能够面对几百个学生侃侃而谈，不读书如何能做到？即便你说，书虽然读了，但不如人家会写，理解得不够深刻。这是横向的比较，比较的本身就是自我意识的觉醒，这恰恰是多读书才能做到的。一个人不怕有缺点，怕的是认识不到这些缺陷。其实，你的文笔已经很好了（在交大最少也在前20%），也许是你对自己要求比较高，这是好事，但不要苛责。只要认识到自己的不足，去有意识的弥补，假以时日，迟早有一天我们会达到目标。所谓：海到无边天作岸，山登绝顶我为峰。

其实在你身上遇到的问题，我们班的很多同学都遇到过，我也耐心的解答过。随信附上我在今年暑假期间写给我们班学生家长的一封信（见本书上篇公开信：2013—2014 学年第二学期期末致家长和同学的公开信），相信你会通过这封信找到自己的答案。

期待着你的来信，也期待着你早日解决“矛盾”、化解心结、能够积极的、快乐的生活！如果有缘再遇，我期待着那一天，金色的阳光下，我们灿烂的笑脸！

此致平安！

杨志彪

2014 年 12 月 24 日夜于宇心斋

杨老师：

您好！未动笔之前，已愧意难当。时隔这么久才给老师回信，非常抱歉，请老师多多包涵！

收到您的来信的时候，时值暑假，我受一个朋友的邀请，回到老家所在县城的一个补习班帮忙。这算是我第一次正式以“老师”的身份上课啦！当时用手机看到您来信的时候，对老师的关心感到非常感动。本想尽快给老师回复，怎知被琐事所缠，一拖再拖！再加上，老家网络建设落后，电脑也连不上网络。直至最近回到学校，心里一直惦记着老师的信，事情弄好之后就赶紧回信了。不管有什么原因，都不能否认我自身是有些拖拉的，请老师原谅！

还记得上一次与老师交流还是在平安夜的时候，一晃已经大半年了。在过去的大半年里，如果有什么非常值得说的，那就是上学期我到台湾交流了一个学期！在去之前，对各个方面考虑得并不十分清楚，当时可能有些冲动；心想海外交流也是一次不同的人生经历，出去看看外面的世界！录取结果下来之后，在一段时间里，我有过犹豫：独自一身到海峡的对岸去，可能会面临着种种困难！自己能应付得来吗？还有，交流也意味着一笔开销，我怎忍心向父母开口呢……尽管犹豫，我心里也非常清楚，“开弓没有回头箭”只能向前走！一切事情办妥之后，农历新年初二，在一个阖家团圆的时刻离开父母、家、故乡来到上海，然后搭乘飞机去台湾。我交流的学校是高雄中山大学——在台湾之南的一所大学！刚到那里的几天确实很难过，夜深人静之时抹了不少眼泪！适应期过后，开始了全新的求学之旅！在学习上，不同的课堂氛围，别样的教师风采，给人留下深刻的印象！在生活里，夜市里的各色小吃、食堂里不是很合胃口的饭菜、超商里琳琅的商品，更是让人难忘！说到生活，不得不提台湾的风景真的很美！在空闲时间，我和一群来自不同学校的大陆同学一起看过阿里山的日出、云雾，一起拍过西子湾的浪花、一起体验过小琉球的浮潜等等，山俊水美人和气，使平淡的交流生活变得多姿多彩！现在想想，当初的决定还是不错的！每一个选择的背后都是未知的，只有经历过之后才明白其中滋味！

现在回到学校，已经是大三了！知道最近我才明白为什么以前和大三的学长学姐交流时，他们都有一种对未来的焦虑。几个月前，他们还笑对我说，“你才大二，还有时间去想呢！”当时自己也并未在意。直至今日，突然回过神来，发现自己已是大三了。对未来的迷茫伴随着焦虑，到现在为止，我还不清楚自己想要的究竟是什么！对将来的出路看不明了。当然了，尽管焦虑，我对新学期的来临，还是充满期待的！

关于近况，差不多就是这些了！最后，还要再次表达一下歉意！今日才回复邮件，请老师原谅！

敬请近安！

学生：汪燕芳

2015年9月7日

燕芳同学：

你好！看来我也得向你说抱歉了，这个邮箱最近没怎么上，所以没有及时回复你的信。

今天看到你的来信，我非常高兴和欣慰。高兴的是，你去了交换，这是一个非常值得经历，有些事情当时不觉得怎样，若干年后，你会发现你所做的每一件事，都会影响当下的生活。你的交换生的经历，写得非常精彩，让人神往。

我这两天正在抓紧时间了解同学们的思想动态和将来打算，有针对性地跟他们谈话，很多同学都有了自己明确的目标，也有的同学处于迷茫和犹豫，对于这些同学就要多花点心思，还要跟家长沟通，以便尽早摆脱这种迷茫和不知所措。

和同学们的交流是愉快的、开心的事情，也是我最喜欢做的事情。

祝你快乐！

杨志彪

2015 年 9 月 18 日

后 记

饮水思源赤子拳，爱国荣校育人先。

无言桃李成蹊径，有志书生笑碧天。

不为浮名和末利，但求至理与高贤。

昌明盛世修齐治，伟业丰功大道前。

历经几个月的反复修改，这本与学生的书信往来集终于与读者见面了。回想出版的过程，感慨良多。

从 2013 年 9 月至 2017 年 7 月，我一直担任上海交通大学农业与生物学院 2013 级动科班班主任。四年来，每学期的期末我都会给家长和同学写一封公开信，信件内容涉及理想、信念、学习、生活、家庭、感情、交友、健康、选择等等。累计共九封信，四万余字。同时，也与许多同学通过信件进行个别交流。通过这些交流，感觉到学生的成长，自己也受益匪浅。在这四年里，我与这些孩子结下了不解之缘，与他们共同成长。是这些可爱、优秀、极富个性的孩子推动着我不断学习，教会了我与各种学生打交道，教会了我提炼自己的思想，促使我不断在这个岗位上真情付出。我真的把同学们当成了我的孩子、朋友来对待。诗人感木瓜，乃欲答琼瑶。他们年轻、积极、乐观、高昂的精神面貌也在时刻影响我，正因为有这样的一个正向的影响，我回馈他们的自然也是满满的正能量。

现在这些学生都已经毕业了，有的继续深造、有的走上工作岗位，我与他们的交往可以告一段落了。我便有时间静下心来，回顾这几年与学生的点点滴滴。当我翻出当初与他们的书信往来时，脑海里不断出现他们的身影，有欣慰、有喜悦、有激动、更有泪水……教育意味着一棵树摇动另一棵树，一朵云推动另一朵云，一个灵魂唤醒另一个灵魂。我与学生的书信往来，也在起着类似的作用吧。我是一名普通的大学老师，我做的事情也极其平凡琐碎。然而九层之台，起于垒土；合抱之木，起于寸末，立德树人、教书育人是一个需要长久坚持的事业。每一个热爱教育、热爱学生老师的点滴努力，必定汇成汪洋大海，推动教育的进步，影响学生的成长。于是，我就产生了把这些书信集结成册的想法。一者是对自己教书育人工作的总结，二者可能会让更多学生受益，三者或许对于热心教育的教师提供一些借鉴。

当我把自己的初衷与学校党委教师工作部的梁齐部长、陈贤峰副部长，学院党委齐红书记、龚强书记、谢立平书记提出来的时候，得到他们的高度重视、支持和鼓励。而后又得到学生工作指导委员会林立涛秘书长、蒋立峰副秘书长、陈垚副秘书长的具体指导和帮助。他们在繁忙的工作之余，每周都要抽时间开会讨论书稿的具体细节，他们精益求精、高效负责的工作态度令我感佩不已。更重要的是，学生工作指导委员会资助了出版经费，解决了本书出版的后顾之忧。

本书的出版还要感谢上海交通大学出版社的易文娟编辑，她对书稿不厌其烦地阅读、修改、提炼，并提出许多中肯的建议，使我体会到一个优秀编辑应有的职业素养和情怀，让我感动。学院辅导员李明同学，也对书稿进行了归纳整理，使我省去了许多精力，在此一并致谢！

特别感谢中国科学院神经所的孙强教授，在我四年的班主任工作以及书信的整理阶段，他都给予了我毫无保留的支持和鼓励。他也曾深度参与科学精神进课堂系列主题班会，多次参加班级各种活动，向同学无偿赠送书籍等礼物，并邀请班级同学到其单位进行社会实践，在班级活动中保持了极高的出镜率，是我们班名副其实的义务班主任。这个班级取得的所有成绩都与他密不可分。

最后请允许我向我所有的学生表示由衷的谢意。他们得知将要收录他们的书信的时候，都给予了热情支持，令我感动。为了保护个人隐私，在保持书信基本内容不变的情况下，涉及的学生姓名均使用了化名。美国著名物理学家、教育家惠勒说过“大学里为什么要有学生？那是因为老师有不懂的东西，需要学生来帮助解答”。这是教学相长的最高境界，我深表赞同，且感同身受。感谢我的所有学生对我的理解、包容、支持和鼓励，没有他们，就不会有这些书信，当然也不会有这本书信集问世。

饮水思源、爱国荣校，交通大学历来重视立德树人、教书育人，交大历史上那些熠熠闪光的教育者，永远激励着我不断前行，吾不能至，心向往之。值此新时代，新征程，这部拙著的出版也算是为学校的教书育人事业做一点微薄的贡献。

诚然，由于自己的能力所限，粗陋浅薄之处在所难免，望阅者不吝雅正。您的批评和建议是对我最大的爱护和鼓励，将激励我在日后的工作中把更多的精力投入到育人工作中去——

黎明已带我上路，
我不能停下脚步，
善良的人在为我祝福。
黄昏已落下帷幕，
其实我并不孤独，
再多的苦我愿意付出。
我在风雨中追逐，
寻找那前面的路。

杨志彪

二〇一七年十二月十五日